花盗人

ブラス・セッション・ラヴァーズ

ごとうしのぶ

white heart

講談社X文庫

目次

イラストレーション／おおや和美

花盗人《はなぬすびと》

ブラス・セッション・ラヴァーズ

十月に行われる私立祠堂《しどう》学園高等学校文化祭の目玉は、なんといっても最終日の三日目にグラウンドから講堂を繋《つな》ぐメインストリートにどどん（！）と設置される、ゴージャスな赤バラのアーチである。アーチそのものにもかなりの見応《みごた》えがあるのだが、なんと、このアーチのバラには不思議なジンクスがあるのだった。

曰《いわ》く〝花盗人に罪はない〟を地でゆくような。

誰にも見られずアーチからバラを盗み、想《おも》いを寄せる人に文化祭終了までに手渡すことができたなら、ふたりは〝しあわせな恋〟ができる、というもの。

このアーチ、注目も関心もべらぼうに高いのだ。誰にも見られず、とは実質〝不可能〟ということである。

「……そういえば、ジンクスになんか興味ないと口では言ってても、文化祭の三日目には何度となくアーチまで足を延ばしていたクラスメイト、けっこういたっけな……」

今年も素晴らしくゴージャスな仕上がりのバラのアーチを遠巻きに眺めつつ、一昨年度に学園を卒業した涼代律《すずしろりつ》は、懐かしく当時を思い出した。

片思いが実るというジンクスなので、そもそも好きな人がいなくてはバラをゲットしたところで意味がない。なので律は、これまでただの一度もアーチに近寄ったことはなかった。そして今となっては、好きな人はいるけれど、片思いではないので（ただ、いろいろあって、まだ付き合ってはいないのである）やはりジンクスは必要ない。——我ながら、信じられないことなのだが。

「よお！　涼代、久しぶり！」

いきなりポンと肩を叩《たた》かれて、律はその場でちいさく跳び上がった。

「び、びっくり、した……」

「そんなに驚くことないだろ？　かつての吹部《トロンボーン》仲間に」

からりと笑い、「にしても変わってないなー。その地味なメガネで逆にすぐにわかったよ。あ、涼代だ、って。なに？　涼代もバラのジンクス狙《ねら》い？　っていうか、ついに？　音大は女子が多そうだもんな、奥手の涼代もようやく恋に目覚めたか？」

矢継ぎ早にからかわれる。

比企斗麻《ひきとうま》。快活で人望があり、副部長にも選ばれた、吹部の同級生だ。

トロンボーンも上手だったが（律よりもずっと上手で、比企は常に1st《ファースト》を担当していた。律は2nd《セカンド》か3rd《サード》だった）、彼は音楽の道には進まず、エスカレーター式の祠堂系列の大学に進んだ。

ジンクス狙いで、ここにいたわけではないのだが、

「ひ、ひさ、しぶり、だね」

「去年の文化祭以来か？　てか、ひどくどもってんのも相変わらずだなあ。もっと自信を持てよ、うちの吹部で唯一、音大に合格したんだからさ」

「あ、……うん」

「尤《もっと》も、音大を受けたのは涼代ひとりだけ、だけどな」

ケラケラとからかって、「俺も、入学しないまでも音大受けとけば良かったなあ。したら箔《はく》がついたのに」

「そ、そうだ、ね。どこの音大、受けても、受かり、そう、だものね」

「だろ？」

高校を卒業して一年半ほど経《た》つが、今でも、音大に進んだ涼代律より、音大には進んでいない自分の方が、トロンボーンは巧《うま》いに違いない。なにせ、そもそもの〝才能〟が異なるのだ。「惜しいことしたよなあ」

自信家の比企は得意げに言う。

トロンボーンの実技だけが受験科目ではないし、そこそこトロンボーンが上手《うま》いからといって音大に受かるわけでもないのだが、細かいことは横へ措《お》き、比企は、大学に進んで

もトロンボーンを吹いているのだろうか。それとも、多くのＯＢたちのように、高校卒業をきっかけにパタリと楽器をやめてしまっただろうか。

やめてしまってたら、もったいないな。比企に限らず、楽器演奏の上手下手にかかわらず、吹奏楽の仲間が減ってしまうのは、律には少し、寂しかった。

「そうだ涼代、俺の連絡先——」

スマホを取り出しながら比企が言いかけたとき、周囲がザザッとざわついた。女の子たちの、キャッというちいさくて黄色い悲鳴が届く。

彼らの視線の先に、祠堂の制服を着た、だがネクタイが色違いの生徒が四人、わいわいと楽しげにしゃべりながら、校門の方からアーチへ近づいてきていた。四人ともカッコ良いが、そのうちのひとりに皆の視線が釘付《くぎづ》けになる。

「……だ、誰、あれ？」

「芸能人？　でも祠堂の制服よね」

注目を集めていることなどまったく意に介さず、彼は、アーチを遠巻きにする人々の中に律を見つけて、

「りーつー！」

破顔して大きく手を振った。——瞬間、周囲に輝きの矢が放たれた。

絶世の美少年の笑顔、その眩《まぶ》しさの威力は破壊的である。

バラのアーチは大注目スポットなれど、本来の役目は、文化祭の来場者を迎えるためのウエルカムアーチである。そして、本来の役目どおりのバラのアーチを元気にくぐってやってくる、ゴージャスなアーチに勝るとも劣らない美少年。

「律！　待たせてごめん！」

彼は小走りに駆け寄ってきて、エスコートをするようにスッと律の手を取る。

あまりに自然に手を繋ぐので、誰も違和感を覚えなかった。

「吹部ってどっち？　どこで演奏の待機してんの？」

訊《き》いたものの、答えを待たずにずんずん歩き始めた美少年へ、

「イチ、そっちじゃない、こっち！」

勝手知ったる仲間のひとりが、ぐいと方向転換させた。

——イチ？

比企はハッとする。

そうだ、あの色違いのネクタイは祠堂は祠堂でも、学園ではなく学院の、つまり、あれは、祠堂学院吹奏楽部の中郷壱伊《なかざといちい》だ。

小学生の頃、並み居る年長者をものともせずに全国音楽コンクールのトロンボーン部門で一位に輝いた天才少年であり、吹奏楽に励んでいた中学・高校時代の比企たちにとって年下ながらも雲の上の憧《あこが》れの、あまりに有名な存在だった。

比企が高二の冬、三年生が部を引退し自分たちの代になったばかりの頃、その中郷壱伊が編入（祠堂学園には敷地《しきち》内に高校と中等部があるので、高校からの外部受験組は編入と呼ばれていた）してくるらしいとの噂《うわさ》でもちきりとなった。特に吹奏楽部では、天地がひっくりかえるほどの驚きをもって噂されていたのである。

毎年吹奏楽コンクールは県大会止まりで、残念ながら吹奏楽の強豪校には数えられない祠堂学園。そんな高校へ、なぜ、あの中郷壱伊が？　吹奏楽部目当てとはとうてい思われないが、とはいえ、入学したならば吹奏楽部へ入部してくるだろう。それは間違いなく、そうだろう。としたら、祠堂学園高等学校吹奏楽部は、県内すべての高校の（いや、全国の高校の）吹奏楽部から、一躍、注目の的となるだろう。

――オチを言えば、祠堂は祠堂でも、中郷壱伊が入学したのは祠堂学院の方で、自分たちはたいそうがっかりしたものだが、半面、安堵《あんど》もしていた。そんなとんでもない新入生をどう迎えたら良いのか、まったくわからなかったからだ。中郷壱伊のスケールがあまりに自分たちと違い過ぎて、先輩として、どう接したものか、どう扱ったものか、まるきりわからなかったからだ。

その中郷壱伊が、なぜ涼代と？

それも、あんなに親しげに？

比企に挨拶《あいさつ》することなく、振り返りもせず、律が四人組にガヤガヤと連れられてゆく。

――無視かよ、おい。

「なんだ、これ」

涼代め、俺との話の途中で、勝手に連れられてゆくんじゃねーよ。「ちっ、どうなってんだ」

比企は苛《いら》ついた口調で、ぼそりと呟《つぶや》いた。

「あ、広報の灰嶋《はいじま》さん」

ナカザト音響本社の廊下で、すれ違いざま、灰嶋は社長秘書の春日《かすが》に呼び止められた。

「ご無沙汰《ぶさた》してます春日さん。社長もヨーロッパから戻られてますか?」

「いえ、社長のお戻りは来週になりますが、私は一足先に。向こうにいたときに社内アプリでの壱伊さんたちの演奏を聴かせていただきまして、社長が大変に喜んでらしたのです。あれは灰嶋さんの企画と伺いましたから、それで、一言ご挨拶をと」

「ありがとうございます。自分の企画というほどのものではないのですが、壱伊さんが、十一月の桜《さくら》ノ宮坂《みやさか》音楽大学のオープンキャンパスに参加されると知りまして、他にもいろいろな情報といいますか、タイミングが重なって、オープンキャンパス最終日の、終了後に、ライブ演奏をしていただくことになったんです」

「終了後に、ですか。それで伸び伸びとした演奏だったんですね」

春日はにっこりと笑うと、「社長が、まさか、ヨーロッパに居ながらにして愛息子《まなむすこ》のトロンボーンのライブ演奏が聴けるとは夢にも思わず、こんなに嬉《うれ》しいサプライズは初めてだと、おかげで仕事に気合が入ったと、おっしゃってましたよ」

「光栄です。おかげさまで、同時視聴をしていた他の社員の方たちからも、好評をいただきました」

「ついては——」

「——はい？」

ついては？

「CMに使えないかと、広報へ打診するよう言い付かっております」

「……CM？　うちのCMにですか？」

「年末商戦合わせの新製品、イヤフォンのCMに適しているのではないかと」

「年末の？　それでしたら、もう既に制作が進んでおりまして、来週には完パケが納品される予定ですが」

「それはテレビ用のCMですよね？」

「はい」

「ネット用に、最短五秒、デフォルトは十五秒、可能であれば四分ほどのスペシャル版の

ＣＭを作るように、と、社長命令が下りました」

「……はあ」

「確か、新製品のメインターゲットは〝若者〟ですよね？　老若男女にかかわらず、若者の、ハートを持つ人々を狙《ねら》い撃《う》ちできる効果的なＣＭを、よろしくお願いいたします」

春日は丁寧に頭を下げる。

「いや、……ですが」

「予算の許可は出ています。早速、取り掛かっていただけますか？　社長からの要望としては、ライブのままの音声映像を使用しても良いが、できれば海外著作権の既存の曲ではなく彼らのオリジナル曲が望ましいことと、グループ名があるのが望ましいこと、顔出しの判断はお任せするそうです」

「オリジナル曲の手配と、彼らに改めて演奏してもらって撮影を、ということですか？」

「そうですね」

「今から、ですか？」

今、何月だと？

「ええ、そうです」

「今からＣＭの制作会社に発注しても、こんなに直近の納期では引き受けてくれるところなど、見つかりそうにないんですが」

常に同じ制作会社に依頼しているわけではないし、たいていはコンペティションを挟んでいる。

「社長としては、先日のアプリライブに触発されてのことですので、画質はさておき、音質は、我が社は超一流ですから、今回は自前で作ることを検討しては、と」

「じ、自前で、ですか？」

灰嶋は狼狽《ろうばい》する。

そのようなハウツーは、社内で構築されていない。——だが、不可能かと訊かれたら、画像処理の技術を持つ社員も映像センスを持つ社員もいるので不可能ではない。

ただし。

「オリジナルの場合、作曲家の選定と依頼と、編曲家にアレンジの依頼と、それから仕上がった曲を彼らに練習してもらい、その上で撮影を、ということですよね？　その後、編集して、新製品発売前にＣＭを流す、ということですよね？」

「はい」

なんと無茶苦茶なスケジュールだ。

「しかしながら春日さん、そもそも壱伊さんたちの意向がわかりませんので。ＣＭに出たくないとおっしゃるかもしれませんし。なにぶん壱伊さんはまだ高校生ですし、他の方々も音大生で、プロではないですし」

「承知しております」

春日はにこりともせず、「灰嶋さん、説得してください」

その、ＮＯとは言わせない迫力に、

「……わかりました」

仕方なく、灰嶋は頷《うなず》いた。


「失礼しまーす！」

大きな声で挨拶するが、中からの返事はない。

「おいイチ、声を掛けたところで中には誰もいないんだろ？　勝手に入って、ホントに大丈夫なのか？」

後ろからついてきた心配性の親友が訊く。

「大丈夫だってツナ、許可はもらってあるんだからさ」

あっけらかんと応《こた》え屋内へ一歩を踏み入れると、そこは冬だというのに、まるで春のような暖かさだった。「すっげー！　さすが温室」

壱伊が唸《うな》る。

「や、イチの話を信じてないわけじゃないんだけどさ、なんか、あまりにうまく出来過ぎてさ……」

躊躇《ためら》いがちに壱伊に続いた渡辺綱大《わたなべつなひろ》は、「え？　てか、中、ちょっと暑くないか？　外とのギャップが、すごいな」

首に巻いたマフラーを手早く外した。

人里離れた山奥に立つ全寮制男子校私立『祠堂学院高等学校』のあたりは、十二月ともなると雪の日が目立つようになる。豪雪地帯ほどではなくとも、敷地内の学生寮から校舎まで移動（登校）するのに、雪かきをせねばならぬ日も発生する。――雪かき当番の生徒は前夜の天気予報を参考にして、必要とあれば翌朝は早起きしなくてはならない。寝起きに重労働はしんどいが、やむを得ない。

ということで、まだ雪こそ降ってはいないが、校舎から外に出たならば、温室まで移動するだけでも制服の上にコートとマフラーと手袋まで必須《ひっす》なのに（そしてポケットには使い捨てカイロが）、たいして厚みもない（もちろん、薄くはない）ガラスの壁を隔てただけで、この違い。

さすが、温室。

「……にしても大きいなあ」

遠慮がちに壱伊の後ろをついてゆきながらも、温室内のあちらこちらを物珍しげに見回して、綱大が感嘆する。「充実してて、どこぞの植物園みたいだ」

外観ですら高校の施設とは思えないかなり立派な温室なのだが、中に入ると、横幅といい、天井の高さといい、なにより鬱蒼《うっそう》と生い茂る名も知らぬ多種多様な植物のせいで奥行きが、温室がどこまで続いているのか、入り口からでは見当もつかなかった。

「だよなあ、迫力あるよなあ、ここ」

壱伊が同意する。

温室は、防犯上、出入り口に鍵《かぎ》がかけられているのだが、基本的に生徒が自由に利用できる施設である。なのだが、入学したときから存在は知っていても、学院の広大な敷地のかなり外れにあるという立地のせいで、生物部の活動場所としては知られているが、生物部の生徒でもなく、植物等に特に興味も関心もない生徒には、在校している三年間でただの一度も足を踏み入れることのない、場所でもある。

「なあイチ、何度も訊いて悪いけど、本当に、こんなにちゃんとした温室を自由に使っていいって、大橋《おおはし》先生、言ってらしたのか？」

綱大はまだ疑う。

「うん、いいって」

またしてもあっけらかんと返した壱伊は、「現に入り口の鍵、開いてただろ？　で、中央あたりに簡易な休憩スペースがあるんだってさ。そこを使うといいよって」

「……へえ？」

「な？　これでツナの気掛かりが、さくっと解消しただろ？」

「……き、気掛かり、ってほどのもんでもないけどな……」

やや言葉を濁した綱大へ、やや、ばつが悪そうにしている綱大へ、

「でも俺も、ツナの言い分は尤もだと思うよ」

どこまでもあっけらかんと、壱伊は返した。

九月の文化祭でのステージ演奏を最後に、壱伊たち三年生は吹奏楽部を引退した。

進学先に超絶難関の公立T工業大学を、それも単願で志望し、身のほどを弁《わきま》えるよう周囲から散々アドバイス（忠告）を受けていた壱伊が、T工業大学は諦《あきら》めないものの（ここ、大事！）、併願して受けることにしたのが、私立桜ノ宮坂音楽大学であった。

専攻は、トロンボーン。

小学生の頃に全国音楽コンクールのトロンボーン部門で、ライバルの年長者たちをものともせずに優勝した壱伊は、当時〝天才少年〟と絶賛されたものの、その後はなぜかコンクールに参加するなど目立った活動は一切しなかったのだが、腕が落ちたから、というわけではなかった。

壱伊は、高校から吹奏楽を始めた綱大にすらわかるくらいの、とんでもなく次元の違う

トロンボーンを吹く。

まず音が違う。テクニックが違う。飲み込みが早く、音楽の解釈が深い。難解なフレーズでも楽しそうに、軽やかに演奏してしまう、紛《まが》うことなき天才だ。なにより壱伊のトロンボーンには聴く人を強く惹《ひ》きつける魅力がある。中学で吹奏楽経験のある部の後輩たちにとっては、進学先に祠堂学院を選ばせるレベルの憧れの存在であり、どうにかして追いつきたい、叶《かな》うならば追い越したい、高い高い目標でもあった。

つまり、下級生たちにとって壱伊は、影響力の大きすぎる先輩なのだ。

特別扱いに興味のない壱伊は桜ノ宮坂の受験も一般で受けるとし、（先月行われた桜ノ宮坂音大のオープンキャンパスへ諸事情により参加した壱伊は、終了後に大学から、入学に際して便宜を図りますよと直々に申し出されたそうだ。壱伊としては桜ノ宮坂は飽くまで第二志望の大学なので、なんと（！）その場で申し出を断ってしまったらしい。だが聞けば、推薦もすっ飛ばしノー試験でそのまま入学してくださいといわんばかりの厚遇で、その上に学費免除の特典付きという驚きの内容。第二志望とはいえ、冷やかしではなく合格したならちゃんと入学する気があるのなら、なにも一般入試でなくともいいのでは？と、返した綱大へ、そんな申し出を受けたなら大学からの縛りがきつそうで嫌だ、それも四年間だぜ？　と、壱伊は一蹴《いっしゅう》した。実に、自由を好む壱伊らしい）実技試験に向けてトロンボーンの練習をするのに、既に退部している吹奏楽部へ毎日のように顔を出し、後輩に交じってマイペースで練習をしていたのだった。

結果、困ってしまったのが二年生たち。

代替わりしたにもかかわらず、一年生たちはどうしても壱伊を意識してしまうし、なんなら自分たち二年生も壱伊が気になって仕方ない。才能とセンスの塊のような壱伊が同じ空間にいるだけで刺激になるし、その頼もしさに安心もする。それだけに、このままではいつまで経っても壱伊の影響下から抜けられず、自分たちらしい演奏スタイルを作ってゆけない、と。

新部長と副部長からこっそり相談を受けた、元副部長で、壱伊（元部長）の親友でもある綱大は、危惧《きぐ》していたことが現実になってしまったと知ったのだ。

受験のためにトロンボーンの練習場所を確保したい壱伊と、そんな壱伊が後輩たちの良い刺激になっていれば、双方がウィンウィン、一石二鳥であろうが、残念ながら先輩たちの存在を消さなければ始まらない〝後輩たちの物語〟があるのだ。

綱大としては、自分たちが代替わりしたばかりの頃や、その前年のよく似たケースを思い出し、

「イチ。新しい部の運営の邪魔になるから、部活に顔を出すのはやめろよ」

と、端《はな》から釘を刺していたが、

「えー？　でも、俺、音楽室の隅っこでトロンボーンの練習するだけだし。全体練習にも

かかわらないし、意見を求められても答えないし、ぜんぜん問題なくね？」

「だけ、って、イチ。それだけでも後輩たちには――」

「だーいじょーぶだって。心配性だなあ、ツナは。ははは」

と、マイペースな壱伊にのんびりと押し切られた。

後輩たちも、しばらくは、我慢してくれていたのだろう。だが、そこに壱伊がいることの（たとえなにも口出しせずとも）影響力に、日に日に、やりにくさが募ってしまったのだろう。

そしてとうとう、綱大に助けを求めてきた。

危惧していたのに止めきれず、結果、後輩たちが追い詰められてしまった一因が自分にもあるように感じられて――。罪滅ぼしとばかりに、綱大は、即刻、壱伊に吹部への〝出禁〟を伝えた。

かなり強めに。

壱伊は反発することなく受け入れた。

綱大としては拍子抜けするくらいに、すんなりと。

「わかったよ。前にツナが言ってた、俺が後輩たちの邪魔になるぞ、っての、もっと真剣に受け止めろってことだろ？」

だから綱大は、後輩たちから相談を受けたことは話さなかった。彼らとて、胸中は複雑なのだ。壱伊にそこにいられると困る、だが、いてくれると嬉しい。後輩たちが壱伊を煙たがっていたぞなどと伝えて、もし壱伊が後輩たちを嫌うようなことになったら、彼らは悲しむに違いない。

部員に慕われているのだ、壱伊は。

およそ部長らしからぬマイペースっぷりであったが、――部長としての実務は専ら、綱大が代行していたのだ――みんな、壱伊を信頼していた。

「わかった、とは、もう部活に顔を出さないってことか？」

「おう」

「い、いいのか、イチ？」

「おう。いいよ」

壱伊は壱伊で、思い出したことがある。自分たちに代替わりしたときではなく、その前年。当時三年生だった野沢政貴《のざわまさたか》が遅まきながら音大受験を決意して、トロンボーンの練習のために退部後も部活に顔を出していたとき。野沢先輩のことなので最大限に後輩たちに配慮していたであろうが、思い返すと、当時の二年生も、やりにくそうにしていた。呑気《のんき》な一年生で、しかも野沢先輩大好きっ子の自分は、部活に顔を出すとそれまでと変わらず野沢政貴の姿を拝めるのがただただ嬉しくて浮かれていたが。

あのときと、今と。

初っ端《しょっぱな》にソッコー釘を刺してきた綱大は、先輩たちがやりにくそうにしていたことに気づいていただけでなく、ちゃんと覚えていたのだな。——なんてイイヤツ！

しかも、綱大の忠告を壱伊がスルーしたとき、壱伊を説得するのに野沢先輩の件を引き合いに出さなかったことに、

（コイツ、マジでイイヤツ！）

と、改めて嚙《か》み締《し》めた。

だから、今回は素直に聞き入れたのだ。

「……とはいえなあ、うーん、そしたら練習場所、探さないとだなあ」

トロンボーンは音の大きな金管楽器だ。いくら祠堂の敷地が広くとも、誰の迷惑にもならず、毎日最低でも一時間以上は集中して吹ける場所がそうそうあるわけではない。なので壱伊は、引退後も吹部に顔を出し、部員に交じって練習していたのだ。

だが、男に二言はない！

その日を境に壱伊は吹部へ顔を出すのをきっぱりとやめ、放課後の構内を、練習場所を求めてあちらこちらと歩き回った。

だが案の定、なかなか見つからない。夏場ならば、屋内に限らず、敷地内の、たとえば林道を少し外れた草地とか、それこそどこでも良かったけれど、いかんせん、冬の祠堂の屋外は寒い。

ひっつっじょうに、寒い。

「……いっそ、学生ホール、陣取るかなあ」

間違いなく利用者からは迷惑がられるだろうが、背に腹は替えられない。

そんな壱伊の事情を知ってか知らずか、いや、知るはずもないのだが——。

今日の昼休み、職員室へ日直として御用聞きに行ったときのこと。

お目当ての先生を探し、広い職員室をきょろきょろ巡らしていると、とある先生と目が合った。すると先生はにっこりと笑い、ひょひょいと壱伊を手招いたのだ。

生物の教師で、生物部の顧問で、白衣がトレードマークの大橋先生。

壱伊は祠堂に入学以来、担任だけでなく、一度も大橋先生に授業を受け持たれたことはないのだが、全寮制という狭い世界、もちろん先生の顔も名前も知っている。大橋先生だけでなく、すべての先生の名前と顔は一致している。

そしてもちろん大橋先生を始めとした諸先生方も、受け持ったことのない生徒たちを含めた全員を（それなりに）把握していた。

口調が柔らかく、おっとりとした、穏やかな先生。

というのが、壱伊が持つ大橋先生のイメージである。

お目当ての先生が職員室に戻ってくるまでは暇なので、壱伊は招かれるままに大橋先生のもとへ。

するると、

「余計なお世話かもしれないけれども、中郷くん、トロンボーンの練習に、良ければ温室を使うかい？」

大橋先生が提案した。

「……はい？」

壱伊は、耳を疑った。

え？　え？　え？　なんだ、この、助け船というか、渡りに船というか、棚からぼたもちというか、めっちゃありがたい提案は⁉

あまりのタイミングの良さに、さすがの壱伊もきょとんとしていると、

「志望先に、葉山《はやま》くんと野沢くんが通っている桜ノ宮坂音大を増やしたのだそうだね」

おっとりと、大橋先生が続けた。

T工大を狙う壱伊の無謀単願チャレンジはつとに有名だったので、志望校に音大を増やしたことは（安堵とともに）先生方に広まっていた。音大という選択は、通常はかなりのチャレンジなのだが、〝中郷壱伊〟には、むしろ手堅い選択である。

単に志望校をひとつ増やしただけでなく、なんと壱伊は、桜ノ宮坂のオープンキャンパ

スへ参加するのに授業を休んで一週間ほど学校を離れた。それもまた祠堂に於《お》いてはレアケースで。だがそれを機に、壱伊が本気で音大進学も視野に入れていると、多くの先生方に受け止められたのであった。

そんなこんなで、大橋先生が音大受験について知っていることに驚きはないが、なぜに壱伊に温室を――？

「はっ。そうか！　葉山先輩！」

二年前の今頃のこと、葉山託生《たくみ》は温室で、毎日のように音大受験のためのバイオリン練習をしていた。場所を提供してくれたのがクラス担任の大橋先生である。自分は、音楽はまったくわからないのでアドバイス等はできないが、練習場所ならば提供できるよ、と、便宜を図ってくれたそうだ。

温室は、幽霊部員が多数在籍していることで知られる生物部の活動拠点で、大橋先生は部の顧問であるだけでなく、温室の管理責任者でもあった。温室では生物の授業で使われる教材も育てたりしているそうだがそれはほんの一部で、温室を埋め尽くす多種多様な植物は、研究なのか、はたまた趣味か、ともあれ、大橋先生は「温室に住んでいる」と揶揄《やゆ》されるくらい、温室に入り浸っているらしく、

「温室を使わせてもらえるのはありがたいんですけども、大橋先生、トロンボーンの音、大丈夫ですか？　かーなーり、うるさいです」

壱伊としては、そこが気になる。

「葉山くんも似たような心配をしてくれたなあ」

大橋先生は懐かしそうに目を細め、「自分は、作業に集中すると、まわりの音が一切耳に入ってこなくなっちゃうタイプなんだよ。だから、多分、大丈夫」

それは、……わかる。

壱伊も、集中すると〝他〟をきれいに遮断してしまう。

「練習場所、困っていたので助かります。使わせてください。それで、もし音に耐えられなくなったら、すぐに言ってください。俺、別の練習場所、探すんで」

「わかりました。そのときは、中郷くんにすぐに伝えます」

「よろしくお願いします！」

壱伊はぺこりと頭を下げて、「あと……」

言いかけて、言《い》い淀《よど》む。

「他に、なにかありますか？」

「えーと、……その、俺、桜ノ宮坂も受けますけど、第一志望はT工大なんで」

「ああ。そう聞いているよ」

頷く大橋先生へ、

「桜ノ宮坂は、第二志望なんで」

「うん？　そうだね」

「なのにうちの担任とか、進路指導の先生とか、もうすっかり俺が桜ノ宮坂に進むものとばかり決めつけて、肩の荷が下りたって言うんです」

「肩の荷が？　それはまた、気の早い」

大橋先生がくすくすと笑う。

「けど俺、諦めてないんで」

音大という選択肢を増やしたことで、あまりに先生方が露骨にホッとしているので、それはそれで、密《ひそ》かに傷ついている。「冬休みに、勉強が厳しいことで有名な予備校の冬期集中講義、受けるつもりだし」

受講ですら競争率のばか高い、実績のある予備校の。

綱大には、あの予備校に通うのはいいけど、半端なく勉強漬けになるぞと脅された。いや、情け容赦なく、だったかな？　まあどちらでもいいが、要するに、綱大曰く、だとしたら冬休み、ほとんど涼代先輩には会えないだろうな、とのことで。

だとしても、勉強もするし律とデートもする。綱大へ言い返しただけでなく、固く決意している壱伊であった。

「なるほど。中郷くんは、T工大も桜ノ宮坂も、どちらも本気で挑むということだね？」

「そうです！」

「両方、合格するといいね」

するりと言われて、壱伊は少し、怯《ひる》む。

「りょ、両方、ですか？」

――合格？　T工大も？

「そういえば、葉山くんも桜ノ宮坂を受けるのに、玉砕覚悟と言っていたな」

「え？　そうなんですか？」

初耳だ。

「バイオリンを弾いていなかった期間がけっこう長かったから、以前の勘を取り戻すので精一杯、とか。確か野沢くんも、受験は大変だったんだろう？」

「はい」

野沢先輩も、吹部で三年間吹いていた楽器は諸事情によりトロンボーンではなかったから、音大合格レベルにまで持っていくため、相当な練習をしていた。

「みんな挑戦者だね。ガッツがあるね」

「……お、大橋先生も、俺がT工大を受けるの、無謀だと思いますか？」

「思うけど、無謀と周囲にからかわれても、中郷くんは挑戦したいんだろ？」

「はい」

「ならば、頑張らないと」

すんなり言われて、壱伊はハッとする。

「……はい。頑張ります」

からかわれるのに慣れてしまって、真っ正面から応援されると、少し、照れる。

「得たいもののために、頑張る。シンプルな話だよね」

誰になにを言われようと、「自分のためにがむしゃらに努力できる時代は、高校生の、今くらいだからね。悔いの残らないよう、頑張るといいよ」

良くも悪くも〝自分を取り巻くすべて〟を、乾いたスポンジが水を吸うようにぐんぐんと吸収してしまう子ども時代。特殊な環境下にある場合を除き、大人たちによって〝生きる〟ことが保証され、自分のためだけに贅沢《ぜいたく》に時間を使うことが許されるのは、子どもの時代だけである。

「……悔いの、残らないよう、頑張る」

「それはそれとして、桜ノ宮坂に合格したら、中郷くんは、大学でも葉山くんたちの後輩になるんだね」

大橋先生がにこにこと続ける。

それは、至って普通の話なのに、

「……大学でも後輩」

その一言が、なぜか、やけに、壱伊に沁《し》みた。

T工大に祠堂の、過去に壱伊と交流のあった先輩は、ひとりもいない。

先輩がいるいないで大学の価値が変わるわけではないのだが、桜ノ宮坂には、葉山託生だけでなく、壱伊が尊敬してやまぬ大好きな野沢政貴が同じトロンボーン専攻の先輩として、いる。それより誰より、律がいる。

涼代律。

名前からして透明感のある、壱伊の大切な恋人。

先月の桜ノ宮坂音大のオープンキャンパスがきっかけで会いたくて会いたくてたまらなくなる、大好きな人。

先月の桜ノ宮坂音大のオープンキャンパスがきっかけで、ようやく壱伊は、律と〝お付き合い〟することになった。ふたりは晴れて恋人同士となったのだ。

今週末、吹部の指導で律は野沢と祠堂を訪れる予定なので、吹部の練習が終わったあとにデートする約束をしているが、……ああ、声が聞きたい。

今夜、電話、しようかな。

あんまりしょっちゅう電話して、しつこい男と煙たがられたらカナシイので、本当は、毎晩だって電話したいけど、我慢している。

週末に会えるだけではなく、冬休みに、それもクリスマスイブのデートの約束をゲットした。毎年クリスマスイブにはたくさんの友人たちとパーティーで盛り上がっていたけれど、初めて、誰かとふたりきりで過ごしたいと思った。

律と特別なイベントを一緒に過ごせるのが嬉しい。律に、どんなクリスマスプレゼントを贈ろうか、あれこれ考える時間も楽しい。

律は、なにをプレゼントしてくれるのかな。

壱伊のために律が選んでくれた物ならば、どんな物でも嬉しい。

クリスマスイブの夜は、律の部屋に泊めてもらう約束もした。壱伊の本音は、そのまま律の部屋に居着いて一緒に年越ししたいし、初詣《はつもうで》にも一緒に行きたい。——なんなら予備校へは、律の部屋から通いたい。

勉強も頑張るし、練習も頑張る。

ちゃんと頑張ってるよ、律。

だからいいかな、数日空けたし、今夜は、電話しても、いいかな。


名も知らぬ様々な植物の間を縫うようにして細い土の路《みち》が通っている。時折、通路を遮るように伸びている枝葉をそっと掻《か》き分け奥へ進んでゆくと、教えられたとおり、すとんと空間が開け、そこに大きめの簡易テーブルと、いくつかの椅子《いす》が置かれた休憩スペースがあった。

テーブルの周囲には、小型の冷蔵庫、ちいさなシンクと水道、一口ガスコンロが並び、冷蔵庫の上には食器カゴが。

　立ち止まると、あたりは限りなく無音。

　温室内に風は吹かないので、こんなにたくさんの植物が生い茂っているのに、葉擦れの音ひとつ聞こえてこない。

「ここ、もしかして、快適なのでは？」

　綱大が気づく。

「トイレが少し遠いかも」

　温室にはないので、最寄りの外のトイレを借りねばなるまい。壱伊は茶々を入れつつも、「明日、自分用のマグカップ、持ってこようっと」

　楽しくなってきた。

　早速とばかり、背負っていたトロンボーンのケースをテーブルへ置いた壱伊へ、

「……ずるいな」

　綱大がこぼす。

「ずるくはない。俺、大橋先生から直々に、自由に使っていいって言われてるし」

「いや、ずるい」

「ならツナも、ここ、使う？　放課後に、受験勉強、ここでする？」

「え？」

綱大が嬉しそうに顔を上げる。が、「いやいやいやいや、俺は遠慮しておく。だって、ここでイチが延々トロンボーンを吹くんだろ？　音、デカイし、ウルサイし、さすがに気が散って受験勉強どころじゃないよ」

「ふうん、そっか」

無理には勧めないけどね、と、壱伊が続けようとしたときだった。

りりん、と、どこからか鈴の音が。

「あ、猫だ」

動物好きの綱大が目敏《めざと》く見つける。

尾の長い、しなやかな体躯《たいく》の黒猫が、首輪の鈴をりりんりんと小刻みに鳴らしながら、茂みの陰から陰へと俊敏に駆け抜けていった。

漆黒のボディにワインレッドの首輪がよく映える。

「リンリンだ！」

壱伊が（器用にも）小声で叫んだ。

「……りんりん？」

綱大が訊き返す。——つられてこちらも小声になる。

「うん、リンリン、温室の主、大橋先生の飼い猫だよ。レアだぞツナ、滅多に人前に姿を現さないんだからな」

壱伊は目を輝かせ、「可愛《かわい》いなあ、黒猫カッコいいなあ、触りたいなあ」

「……猫までいるのか」

綱大がぽつりと呟く。「………ずるい」

「だからさ、音がウルサイくらい我慢しろよ、ツナ」

壱伊はにやりと笑って、「ツナのマグカップも、俺が用意してやるからさ！」

ぐっと親指を立てて見せた。

――ふたり分のマグカップ？

そうだ！

律の部屋にお揃《そろ》いのマグカップを置いてもらおう！

いや、お揃いでなくても、律のマグカップを壱伊が選び、壱伊のマグカップを律に選んでもらって、プレゼント交換をするのはどうだろう。それで、律からもらった壱伊のマグカップを、律の部屋に置かせてもらうのだ。マグカップだけでも同棲《どうせい》気分で。

いいなあ、想像しただけで、めっちゃエモいな。

クリスマスプレゼントに、律に提案してみよう。もう律がプレゼントを用意してくれていたらこの案は却下だけれど、もし、まだだとしたら、――いや、待てよ？　律のプレゼントを祠堂で使うのもアリか？　律が選んでくれたマグカップを毎日使えるとか、それもかなりエモいな。

取り出した。

　どちらにせよ、急いで相談しなければ。

「決めた。やっぱり今夜、律に電話しようっと」

　律に電話をかける大義名分を手に入れて、壱伊は上機嫌で、ケースからトロンボーンを取り出した。


「……ふぅ、しんどい」

　律は、押し当てていたマウスピースからくちびるを離した。

　エアコンをかけていない冬場の室内でも、延々とロングトーンの練習をしていると額にうっすら汗が滲《にじ》む。

　ひとり暮らしのワンルームのアパート。

　簡易キッチンと三点ユニットバス、シングルベッドをひとつ置いたら部屋の三分の一ほどが埋まってしまう、全体的にこぢんまりとした、お手頃な家賃の、大学生には借りやすい物件である。たいして広くはない部屋だが、そもそも家具や持ち物が少ないので、狭苦しい印象は受けなかった。

　その質素な空間には場違いなほど、天井の蛍光灯の明かりの下であっても眩しく輝く、黄金色のトロンボーン。

存在からして華やかな金管楽器だが、反して、楽器の練習とは概《おおむ》ね単調で地道、つまり限りなく地味である。

呼吸のぎりぎり限界まで吹き続けるロングトーン――基礎練習のひとつである。吐くときだけでなく吸うときも限界まで吸う。見た目には激しい運動ではないのだが、息を、吸うにも、吐くにも、音を鳴らすにしても、常に限界ギリギリを攻めていると、腹筋が保《も》たなくなるだけでなく、疲労で頬《ほお》やくちびるが震えだし、徐々に息の続く時間も短くなる。呼吸が浅くなってしまう。

とにかく、しんどい。

正直やらなくていいのならば、やりたくない。

だが、ただの基礎練習と位置付ける以上の、このしんどさを日々積み重ねた先にしか得られないものがある、ということに、律は気づいた。

ロングトーンは、息を使って音を出す楽器にとっては欠かせない基礎練習と知っていたけれど、同時に、単調でつまらないただの基礎練習だと思っていた。たとえばスポーツ選手が基礎練習によって徐々に基礎体力を増してゆくのと同じく、体力に変化はあっても、技術の習得には関係がない、と。

ところがである。真剣に、ロングトーンの基礎練習を日々続けていた律に、変化が起きた。気づけば、息が続かず最後まで吹ききれなかった旋律を余裕を持って演奏できるようになり、同時に、音程や音色のぶれが少なくなっていった。おまけに、メロディにキレが生まれたのだ。

風が吹いたら飛ばされてしまいそうな不安定な演奏をしていた律にとって、初めて地に足が着いたような、いやまだほんの爪先《つまさき》だけだけれども、でも、なにごとにも自信が持てずにいた律にとって、すべてに引っ込み思案で臆病《おくびょう》な律にとって、まるで、奇跡のような手応えだった。

――粘りのある常に安定した演奏力。

この道の先にある一見地味な〝それ〟を、律はどうしても、手に入れたくなった。

わかりにくいその価値に気づけたのは、やらねばならぬと頭でわかってはいても、しんどくてついつい避けていたロングトーンの練習に本腰を入れるようになったから。きっかけは壱伊。もし壱伊と出会っていなければ、律は今でも、できればサボりたい基礎練習として、やったり、やらなかったり、だっただろう。

超絶技巧のような誰にでも刺さる、わかりやすい派手な技術ではないけれど、――もちろん超絶技巧に憧れはあるし、誰にとってもそれは憧れだけれども、律が望むのには現実的でないのだ。

超絶技巧とは、奇跡のような〝天賦の才〟に恵まれた〝選ばれし者〟のみが、しかも、日々のたゆまぬ努力の結果、手にすることの叶う領域のものだから。

音楽の道を進めば進むほど、天賦の才という見えない壁に阻まれる。

夢いっぱい意気揚々と船出したはずなのに、唐突に、何度も目の前に立ちはだかる。

幸いにして努力という手段で乗り越えられる場合もあるけれど、徐々に高さを増してゆく壁に、努力だけではどうにもならず、打開策を見出《みいだ》せぬまま、課題をこなせないまま、やがて壁を避けるようにして道を進むことを余儀なくされる、こともある。——惨めさと歯痒《はがゆ》さとを傍らに忍ばせて。

だから、獲得したいのは、そういう、律にとって非現実的なものではないのだ。

アクロバティックな超絶技巧ではなく、楽器を奏でる者として、コンディションの良し悪《あ》しに拘《かか》わらず、周囲の状況にも左右されず、いつでも自分が望む演奏ができるような、したたかで確実でムラのない〝実力〟を身につけたい。

それを、自分の、武器にしたい。

「……よし。もう一回」

改めて、トロンボーンを構える。

椅子代わりのベッドに腰掛け、狭いので少し動いただけで膝《ひざ》がぶつかりそうになる食卓も兼ねたローテーブルへ置いたメトロノームを、スタートさせる。

カッチ、コッチ、カッチ、と、小気味の良い音と、チーンと響くベルの音。

律の持っているメトロノームは、ウィットナーなどの携帯用のちいさなものでも、手のひらサイズでチューナーとしても使える電子機器のものでもなく、主にピアノ科の学生に愛用されている比較的大きめのメトロノームで、サイズだけでなく重さもあり、音も大きい、重りのついた振り子式で、ネジを巻いて使用する。また、拍子の切り替えつまみにより小節のアタマだけ音色を変えられるタイプでもある。

メトロノームの目盛りの数字は、一分間にいくつ拍を取るか、を示している。

振り子の重りを六十の目盛りに合わせ（つまり、一カウントが一秒になる）、切り替えつまみの数字を四に合わせる。そうすると、ひとつずつ数を数えなくても四秒ずつのカウントが簡単に取れるのだ。

ロングトーンに疲れてきて息が続かなくなると、同じ一秒がやけに長く感じられる。四秒とか、地獄のようである。一音を四秒ずつ一セットにして音階を吹いていくので、吹きにくい低音や高音は更に吹きにくくなる。おまけに機械であるメトロノームはまったくの疲れ知らずだ。

しんどいけれど、食らいつく。

来年の春、もしかしたら、律の通う桜ノ宮坂音楽大学に、とんでもないトロンボーンの天才が入学してくるかもしれないのだ。

祠堂学院三年生の中郷壱伊。

学年は律がふたつ上で同学年ではないのだが、強力なライバルの登場である。いや、彼のライバルに、などと、律にはおこがましいことなのだが。平凡な才能しか持ち合わせていない自分だけれど、それでもやはり、負けたくない。

同じトロンボーン奏者として、恥ずかしくない存在でありたい。

『低音、直ってて、感動しました』

あの日、壱伊からまっすぐに告げられたとき、律は心をぎゅうっと鷲掴《わしづか》みにされた。天才の壱伊に自分の努力が認められたこと、それを〝言葉〟にして伝えられたこと。そのことに、律こそ、感動してしまったのだ。

壱伊に認められる自分でありたい。失望されたくない。後退したくない。一歩が無理なら、半歩でも、前進している自分でありたい。

とはいえ、何時まででもトロンボーンの練習をしていいというわけではない。

このアパートの住人たちは律だけでなく全員が（専攻こそ異なるが）桜ノ宮坂の音大生で、近隣にも多くの桜ノ宮坂生が住んでおり、防音設備がばっちりな物件などほんの一握りなので、地域住民との暗黙の取り決めで、部屋で音を出していいのは夜の九時まで、となっていた。

ベッドサイドの目覚まし時計で現在時刻の確認をする。

「うん、まだ一時間くらい、できる」

メトロノームのネジを巻き直してスタートさせる。と、ローテーブルの隅に出しておいたスマホが目に入った。

最近は、大学から戻ったら、スマホをバッグから出しておくようにしていた。

トロンボーンの音はかなり大きく、練習の最中に電話がかかってきても着信音に気づかないことが多い。それに、電話がかかってくることによってせっかくの集中が途切れてしまうのを嫌い、これまでの律は、帰宅してからも通学用のバッグにスマホを入れたまま、ということがよくあった。下手をすると数日バッグにしまいっぱなしで、いつの間にかバッテリーが切れていたことも一度や二度ではない。それでもたいして困らなかったのだ。お世辞にも律は友人が多い方ではなくて、連絡のメールはさておき、滅多にスマホに電話がかかってくることはなかったから。

なにより電話が、――律は、電話で人と話すことがとてつもなく苦手なのだ。緊張すると言葉が躓《つまず》いてしまう。まともに話せない。声だけでやり取りせねばならない電話では、それが更に顕著になる。

にもかかわらず、スマホを目に入るところに置いておく。着信を、電話の取り逃しを、絶対に、したくなくて。

たまにかかってくるのだ、恋人から。

人と話すだけでなく、人付き合いそのものが苦手なあまり友人すらうまく作れなかった生まれてからの二十年間、そんな律になんと、恋人ができたのだった。それも、ずっと、密かに憧れていた人である。

相手は律より年下で、まだ高校生で、しかも山奥の全寮制の学校に通っていて、連絡手段は限られていた。祠堂学院は校内でのスマホが使用禁止なだけでなく敷地内全域が圏外で、先生の目を盗んでこっそりと、ですら日常はスマホが使えないのである。通話だけでなく、手軽で便利なSNSも。

生徒たちにとって、外部との唯一の連絡手段が学生寮の公衆電話だ。

だがそれも全校生徒が利用するので使用時間に制限があり、こちらからかけた場合には寮内に双方の名前入りで呼び出し放送がかけられる。つまり目立つので、他人と話すこと以上に目立つことが苦手な律に、機微に聡《さと》い年下の恋人は先回りして、

「俺がかけるから、律は待ってて」

と、言ったのだ。

——律は待ってて。

思い出しただけで、胸の奥がぽっと熱くなる。

いつ、かかってくるかわからないけれど、いつかかかってきてもいいように。

限られた短い時間で交わされる壱伊との会話は、他愛のないものだ。今朝は少し寝坊した、とか、今日のお昼は○○を食べた、とか、お互いの日常の些細《ささい》な出来事を話すだけなのに律は嬉しくて仕方ない。声が聞けるだけで嬉しくてたまらない。

こんなにしあわせでいいのだろうかと、不安になるほどだ。

そのとき、スマホの画面がパッと明るくなり、電話が着信した。

「あ！」

律は表情を輝かせ、「い、壱伊くん⁉」

咄嗟《とっさ》にスマホへ手を伸ばしたものの、画面に表示されたのは、まったく見知らぬ番号だった。

律は反射的に手を引っ込めた。

知らない番号からの電話。それだけで緊張し、固まってしまう。

表示されている数字はケータイからのもので、よくある固定電話もしくはIP電話からの詐欺目的や勧誘などの迷惑電話ではなさそうだったが、いずれにせよ、自分のスマホのアドレス帳に登録されていない番号からの電話に出る勇気――大袈裟《おおげさ》な表現かもしれないが、律にはたいそう〝勇気〟の要る行為なのだ――は、ない。

画面をじいっと凝視して、様子を見守る。

迷惑電話の多くはメッセージを残さない。もし間違い電話だとしたら「かけ間違いしてますよ」と相手に教えてあげたいところだが、気持ちはあれど、実行するのは律にはハードルが高過ぎる。

コールが途切れ、留守録を促す案内の後、通話が続いているマークが表示された。相手

からのメッセージが吹き込まれているという意味だ。

「……ぼ、僕に、よ、用事……？」

吹き込まれたメッセージを再生してみないことには内容に関してはまったくわからないが、迷惑電話でも間違い電話でもなかったとして、誰かが律に用事があってかけてきているとして、それはそれで緊張する。ぶっちゃけ、ビビる。

だって、自分が番号を教えていない以上、誰かが勝手に番号を教えたことになる。そんなことはやめて欲しい。――コワいから。

律の目に、ふと、棚に飾られている、ショットグラスのようなちいさなガラスのコップが映った。コップの中には赤バラの蕾《つぼみ》が。――十月の祠堂学園の文化祭で、壱伊から渡されたものだ。

『あげる』

照れたように笑った壱伊。

しあわせな恋ができるというジンクスの、アーチのバラ。それを、なんと、壱伊は手に入れ、律に贈ってくれたのだ。

そういえば壱伊は、律の電話番号の入手手段をいくつも持っていたのに、律から直接番号を教えられるまで絶対に誰にも訊かなかった。と、後に、人づてに知った。

壱伊にとって律の電話番号はただの連絡先ではなくて、もっと大事なものだからと。

ふわふわとマイペースなのに、律が教えるまでずっと待っていてくれた壱伊に、その律義さに、律は安心する。――しあわせな恋。

その壱伊からならば、いつだって、そう、毎日でも、電話で話したい。

……好きだし。

声が聞きたい。

やがてスマホの画面が暗転した。

「……だ、誰から、だっ、た、んだろう……？」

律は緊張しつつスマホを手に取ると、録音されたメッセージを再生した。


放課後は二時間ほどトロンボーンの練習をし、早々に学食にて夕食を済ませ、自分の部屋のバスルームでさっぱりしてから、九時くらいまで宿題と受験勉強をする。――九時を過ぎたら律に電話をかけるのだ！

「真面目《まじめ》にルーティンをこなしてるのは立派だけども、イチ、なんだって勉強を、毎晩、俺の部屋でやるんだ？」

綱大が呆《あき》れる。

勉強用具一式を携えて、学生寮、親友の綱大の部屋、三階のゼロ番こと三〇〇号室（個

室である）を、いつものように訪れていた壱伊は、

「だから、お返しにツナも温室を使えば？　って、すすめてるじゃん」

「なにがお返しだよ。意味わからん」

「ここは快適だなあって、ツナ、さっき温室で言ってたじゃんか」

「俺が温室で受験勉強したとしてもだ、どうせ夜になったら、イチは俺の部屋に勉強しに来るんだろ？」

「うん、そうだよ」

けろりと頷く壱伊に、

「なんで、そうもべったり、イチと一緒にいなきゃならないんだ？　イチのオススメに乗っかったところで、温室ではトロンボーンの音に気を散らされ、夜は夜でイチのおしゃべりに気を散らされ」

「だって、ツナが近くにいると、わからないトコをすぐに教えてもらえるし」

「おいおい、便利に使ってんなよ。俺はイチの家庭教師じゃないんだからな」

「感謝してるし」

「感謝されてもなあ……」

とはいえ、こういうところに育ちの良さが表れるんだよな、イチは。

綱大は苦笑しつつも、内心密かに感心する。

生徒に裕福な家庭の子息が多い祠堂学院の中でも、とりわけ壱伊はハイクラスである。世界に名だたる〝ナカザト音響〟の御曹司、一般的なサラリーマン家庭育ちの綱大には想像もつかないような異世界の住人だ。

祠堂に入学する前、壱伊と出会う前までは、世に〝金持ちの放蕩《ほうとう》息子〟という言葉があるように、お金持ちの息子といえば高慢だったりワガママだったり、とにかく鼻持ちならないような存在で、さぞや付き合いにくいのだろうなと思っていた綱大だが——そういうテイストの生徒が祠堂にいないわけではないのだが、不思議なことに、壱伊を含めた数名のハイクラスの御曹司ほどクセが少なく、付き合いやすかった——壱伊ときたら、誰よりも素直。おまけに、ふわっふわに柔らかい。

しかも、とんでもない美少年で、モデルばりに手脚が長く、学校指定のジャージの上下でも、壱伊が着ているとなんだかやけに恰好《かっこう》良く見えてしまう。

加えて、トロンボーンの天才。

なのに、自分の強みを一切活《い》かさず、苦手な、失礼、あまり得意でない勉強で第一志望に受かろうとしている。——もしかしたら、受かるといいな、くらいの感覚なのかもしれないが、それにしては、頑張っている。

「俺が受験に失敗したら、イチのせいだな」

「えええ？　俺のせいか？　そんなことないだろ」

「あるだろ？　俺の勉強の邪魔しまくりだろ？」

綱大はやれやれと肩を竦《すく》めると、「もうさ、潔く桜ノ宮坂一本にしろよ。それが現実的ってものだろ」

Ｔ工大受験のために勉強を頑張ることが無駄だとは思わないが、いかんせん、壱伊と勉強の相性はよろしくない。

「だって……」

むっすりと口をすぼめた壱伊へ、

「俺はイチの親友だから忌憚《きたん》のないご意見とやらを言うよ？　Ｔ工大を諦めるのは無責任だって思ってるだろ、イチ。言い出したのは自分なのに、そう簡単に志を変えるのはみっともないと」

「……みっともない、ってほどのことは、ないけども」

「有言実行で、ちゃんと勉強もトロンボーンも頑張ってることは評価してる。けどな、Ｔ工大に進むことによってイチが得られるものと、桜ノ宮坂に進むことによってイチが得られるものってさ、ぜんぜん違うんじゃないのか？　Ｔ工大だと、ずっと底辺をうろうろするしかないだろ？　ところが桜ノ宮坂なら、てっぺんの景色が見られるじゃないか。Ｔ工大に進むこと、誰にも強制されてないんだし、こだわってるのはイチだけだぞ」

「底辺うろうろって、それ、あんまりだなツナ」

「だから、忌憚のないご意見だよ」

「そうは言うけどさあ……」

「冬休みに予備校に通うのもけっこうだけど、ますます中途半端になるんじゃないのかなと、俺は危惧してますけどね」

「……そうは言うけどさあ」

　ぼそりと壱伊が繰り返したときだった。寮内に、外部からかかってきた電話の呼び出し放送がかかった。

　三年の中郷壱伊へ、卒業生の野沢政貴から。

「野沢先輩？」

　綱大は咄嗟に壱伊の顔を見て、「週末に、吹部の指導に来てくれるんだよな？」

「うん。律とふたりで来てくれる予定になってる」

「急用ができて吹部の指導に来られなくなるって連絡なら、呼び出しの相手は部長のはずだものな」

「はっ！　も、もしかして！」

　壱伊が、椅子代わりにしていた綱大のベッドからガバッと立ち上がる。「律になにかあって、それで、野沢先輩が、代わりに連絡してきてくれたのかな！」

「えっ⁉　涼代先輩に⁉」

綱大もガタリと椅子から立ち上がり、「急げイチ！　通話時間が足りなくなる！」

壱伊は当然なのだが、なぜか綱大までも三〇〇号室を飛び出して、公衆電話のある一階ロビーまで全速力で駆け下りて行った。


「久しぶりだね、涼代くん」

電話の向こうから同級生の、懐かしい快活な声が聞こえた。

「う、うん、久しぶり、だね、わ、藁科《わらしな》くん」

「折り返しの電話ありがとう。用事としては、伝言で残した内容で全部なんだけど」

「……うん」

「本番までそんなに時間がないぎりぎりのタイミングで、本当に申し訳ないんだけど、引き受けてもらえないかな」

誘われたのはOBバンド。

──もしもし。祠堂学園吹奏楽部OBで元部長の藁科です。自分を含めてまわりの誰も涼代くんの連絡先を知らなかったので、ご実家に問い合わせて教えてもらいました。急な話なのですが、今年の祠堂学園中等部と高校の合同定期演奏会のOB枠、トロンボーンに欠員が出てしまい、涼代くんに参加してもらえないかと思って電話してみました。改めて、またかけ直します——。

「や、でも、あの……」

「涼代くんも知ってのとおり、例年、ＯＢ枠の演奏には、高校を卒業したての元部員が集まりがちだろ？　俺たちのときもそうだったし」

ＯＢバンドの参加資格はＯＢであることだけ。ただし演目や他の楽器とのバランスもあり、希望者全員がステージで演奏できるわけではない。毎年メンバーは高校を卒業したての学年に偏りがちで、だが、長年にわたって参加しているＯＢもいて、とりわけ代々の部長副部長の参加率は高かった。

ちなみに、律は昨年、参加希望は出したものの、希望者が多いという理由で選から漏れた。結果的には、定期演奏会と大学の（課題としての）演奏会がまるかぶりして、参加どころか定期演奏会を聴きにも行けなかったので、選に漏れてちょうど良かったのだが。

今年に関しては、ひとつ下の卒業生たちがこぞって参加するだろうと予想していたのでそもそも申し込みをしなかったし、個人的にやるべき課題がてんこもりで、正直、定期演奏会のことを忘れていた。

「今年は会場の都合で開催が十二月二十四日の夕方から、というのも欠員に響いているのかもしれないな。定期演奏会というよりクリスマスコンサートみたいだし、プライベートが充実してる人にはクリスマスイブは外せないしね」

「……うん」

律が二の足を踏む理由も日程にある。その日は壱伊と約束している。

「なにせ急だし、卒業してもコンスタントに楽器に触れていそうなの、OBの中でも音大に進んだ涼代くんくらいだろうし、ということで、出演、頼まれてくれないかな。演目はうちの定番曲の『宝島』と『アフリカン・シンフォニー』だからさ。高校時代に散散《さんざっ》ぱら演奏しているし、みんなは卒業後に大なり小なり楽器がヘタクソになってるけど、涼代くんはむしろ上達してるんだろ？　だから、急でも問題ないよね？」

むしろ上達してるんだろ？　だから、急でも問題ないよね？

強めの表現に多少の引っ掛かりはあるのだが、

「……い、一応」

高校生の頃よりは断然に上達している、と、自分では感じていた。

「今週の日曜日に、学園の高校の方の特別教室を借りてリハーサルすることになっているんだ。涼代くん、ぜひ来てくれよ。俺たちを助けると思って。な、頼む」

今週の日曜日には、政貴と祠堂学院へ吹部の指導に行くことになっている。

「今週は、せ、先約が、ある、ので」

「先約？　キャンセルできる？　してもらえないかな」

「そ、それは、さすが、に」

「そう……。なら、仕方ないか」

藁科はちいさく溜《た》め息《いき》を吐《つ》くと、「本番まで毎週土日のどちらかに、祠堂でリハーサルをする予定だから、今週は無理でも来週から参加してくれないかな。頼むよ、涼代くんの力が必要なんだ」

――頼むよ、涼代くんの力が必要なんだ。

律は、藁科の言葉を噛みしめる。

祠堂学園で吹奏楽部に所属していた中・高の六年間で、そんなふうに望まれたことはただの一度もなかった。律は、むしろ、戦力にならなかったから。

素直に、嬉しいと思った。

自分なんかが力になれるのならば、なんでもしたい、と思った。

けれど、

「す、少し、考えても、いい、かな」

即答はできなかった。

「――CM?」

壱伊はきょとんと訊き返す。律がまたしてもピンチに陥ったのかと焦ったが、電話での

開口一番の野沢のセリフは、

「中郷、CMに出ないかという話がナカザト音響から来てるんだけど、どうする?」

で、あった。

「あの、野沢先輩、俺、いろいろ、疑問なんですけど、なんで、ナカザト音響のCMの話が野沢先輩に行ったんですか? で、なんで、その話を野沢先輩が俺に持ってくるんですか? あと、CMってなんなんですか? 出るって、俺がですか?」

隣で耳を童話のゾウのダンボのようにしながら付き添っている綱大が、

「……しーえむ?」

ちいさく驚いた。

壱伊がCMに出るというそのことには、綱大とて驚かない。なにせ壱伊には前例がある。小学生の頃までは、ナカザト音響の自社パンフレットのモデルをしていたのだ。手脚が長く顔がちいさく全体のバランスも抜群で、なによりとてつもない美少年。幼い頃からそのへんのモデルよりよほど魅力的な、ナカザト音響の御曹司。

「先日の、ナカザト音響での涼代くんの伴奏者選びの演奏に端を発していたから、それで灰嶋さんから俺の方に連絡がきたんだ。あれを仕切っていたのが俺だから」

「あのときの音源をCMに使いたいという話ですか?」

「使うとしたら、最後に皆で演奏した『キャラバンの到着』なんだけど、できれば、あのメンバーでオリジナル曲を演奏している音と、映像も使いたいそうだよ」

「あのメンバーってことは、野沢先輩と、律と、俺と、ピアノの別所《べっしょ》さんの、四人ってことですか？」

「映像は映像でも、顔は出さなくてもいいそうだよ。——中郷だけ、顔出しするのはアリかもだけど」

「ええええー？　俺だけって、なんですか、それ」

壱伊は不満げに口をすぼめ、「それと、オリジナル曲って、なんなんですか」

「グループ名も欲しいって、言われたな」

「すみません、話に、まったくついていけないんですけども。グループ名って、それ、俺たち四人でグループになるってことですか？　てか、そもそも、オリジナル曲って、なんなんですか？」

「短くて五秒、デフォが十五秒もので、おそらくまるっと一曲という意味だと思うけど、四分くらいのスペシャルバージョンも作りたいんだってさ」

「オリジナル曲で？」

「そう」

「どこにあるんですか、オリジナル曲？」

「まだ、どこにもないね」

「ですよね？　誰かが今から作るんですか？　プロに依頼するんですか？　あ、野沢先輩とか別所さんが、作るんですか？」

なにせ別所は作曲科の学生で、野沢も（専攻はトロンボーンだが）作曲の講義を取っている。ふたりとも、作ろうと思えば曲が作れるのであった。

「そのあたりは今はなんとも。――で、どうする？」

「どうするもなにも、野沢先輩、だいたいそれ、いったいどのタイミングのＣＭなんですか？　春の卒業や入学シーズン合わせのですか」

「いや、確か、年末商戦の新製品に合わせて、とかって」

「……年末商戦？　いつの年末ですか？」

「今年じゃない？」

「もう年末ですけど」

「うん、だよね」

「って、ぇぇぇぇぇぇぇ!?」

周囲の迷惑にならないよう、壱伊は小声で叫んだ。

綱大も隣で、目を真ん丸くしている。

「の、野沢先輩っ、そんなの、ぜんぜん無理じゃないですか」

「俺もそう思ったんだけど、ひとまず、中郷に打診をと」

「無理ですよ。俺、高校生だし、学校あるし、受験生だし、勉強しないとだし」

「中郷が断るなら、俺から灰嶋さんにそう伝えるよ」

「すみません。よろしくお願いします」

「それはそれとして、今週末には涼代くんとそっちに行くから、中郷のトロンボーン、聴かせてくれよな」

「はい。わかりました」

頷いて、壱伊は野沢との電話を切る。

「……イチ？」

おそるおそる、綱大が声を掛けてきた。

壱伊もおそるおそる、

「……なんか、無茶な、依頼がきてた」

綱大へ返した。

「うわ、すごい……！」

律が目を輝かせる。「で、電話で、教え、て、くれたけど、す、すごいね、ホントに、立派な、温室だね」

壱伊は自分が褒められたわけでもないのに照れたように笑って、

「律は、温室とか、好き？」

と訊く。

「た、多分、好き。……落ち着くし」

植物に詳しいわけではないけれど、緑が多い所は、なんとなく空気がキレイなような気がして、呼吸がらくになるような気がして、音も、澄んで聴こえる気がして、とても心地が好《よ》いのだ。

「へへっ」

と壱伊は笑い、「俺も好き。――律、こっちだよ」

当たり前のように手を繋ぎ、壱伊は律をエスコートする。

日曜日の昼間、温室内は飲食可だよと大橋先生に教えてもらっていたので、壱伊は律を温室でのランチに誘った。――吹奏楽部での午前の指導を終えて、野沢政貴と部員たちはいつものように学食で昼食を摂《と》っている。

夕方には、本日の指導を終えた政貴と律は帰路に就いてしまうから、デートできるのは午後の部活が始まるまでの一時間ほどの間だけ。

温室中央あたりの休憩スペース、律に椅子をすすめて、壱伊は自分も椅子に座る。

学食のメニューをお総菜屋さんふうにパックに詰めてもらった。インスタントのみそ汁は、ここのガスコンロでお湯を沸かして作れる。電子レンジはないけれどオーブントースターはあるので、コロッケやフライドチキンとかならば温めることができた。

いろんなおかずをテーブルに適当に並べて、おにぎりは、律が一つ、壱伊は四つ。

「ピ、ピクニック、みたい、だね」

楽しそうに律が肩を竦めて笑う。――ああ、可愛い。

「メニューは俺が勝手に選んじゃったから、律、食べたいのだけ、食べればいいから」

「うん」

律はこくりと頷いて、「どれも美味《おい》しそうだなあ」と、パックに目を走らせる。

緊張がほどけてくると、律の言葉はスムーズになる。少しでも緊張すると、瞬く間に躓きがちになるけれど。だから今、律は、壱伊の前でとてもリラックスしているということだ。――嬉しい。

洗いカゴから取り出したマグカップにインスタントみそ汁を入れ、コンロにかけていたヤカンのお湯が沸騰する前に止めて、マグカップへ注ぐ。みそ汁には熱湯禁止。壱伊は祠堂に入学してから先輩に教えられて学んだ。

外は容赦なく寒い十二月なのに、昼間の温室の中は暖かい。けれど、インスタントとはいえ、できたての熱々のみそ汁は格別だ。

「……美味しいなあ」

しみじみと律は言い、

「俺も、律と食べるご飯は、なんでも美味しい」

それがお手軽なインスタントみそ汁や、律の部屋で食べたインスタントのラーメンだとしても。だが、それはそれとして、「でも俺、クリスマスイブには、律に豪華なディナーをごちそうするから」

恋人同士になって初めて迎えるイベントなのだ、律に、一生覚えていてもらえるような夜にしたい。

「あ……」

クリスマスイブで思い出した。

ハッと顔を上げた律に、聡い壱伊が目を留める。

「い、壱伊、くん、あの、ね……」

律の言葉がみるみる躓く。だから、

「もしかして、クリスマスイブに用事ができちゃった、とか？」

律が話しやすいよう、壱伊は切り出す。

「……まだ、できて、は、ない、んだけど」

「どんな用事？」

それ、俺とのデートより大事なの？　と、訊きたかったけれど、我慢した。そんなふうに訊いたなら、律は臆《おく》して口を閉ざしてしまう、気がして。

「し、祠堂の、あ、学園の、定期演奏会、の——」

——律の説明を最後まで聞き、その上で、

「じゃあ、夕方からの演奏会が終わってから、俺とデートするってこと？」

「あ……」

困ったように顔を曇らせた律へ、

「待って！　違うよ？　別に俺、それでもいいよ？　真夜中のデートでもぜんぜんいい。レストランのディナーは諦めるけど、今日みたいに、こんなふうに、俺が御馳走《ごちそう》を律の部屋へ運ぶから。それに、律が出るなら学園の定期演奏会、聴きに行くし」

「……え？」

聴きに？　僕が出るから？　僕を目当てに？

——家族以外で、初めて、言われた。

「二十四日って二学期の修業式で、退寮の日なんだ。お昼過ぎには実家に着くし。だから夕方くらいから律とデートするつもりだったし、ってか、クリスマスイブに律の演奏が聴けるとか、最高なんですけど」

「……さ、最高、は、さすがに」

言い過ぎではと思うが、……嬉しい。

「だから律、——その日は部屋に泊まってもいい？」

訊かれて、律は瞬く間に赤面すると、

「う、……うん」

ちいさく頷く。

「よし。約束！」

壱伊が右手の小指をすっと差し出す。——そこには、幅広のリングが輝いている。壱伊が作った律とお揃いのリング。律の胸にペンダントとして下がっている、リング。

小指を差し出した律と、

「ゆーびきーりげーんまん」

指と指を絡めて上下に揺すりつつ、ふと、「そういえば律」

指を絡めたまま、壱伊がぴたりと動きを止めた。

「……ん？」

律が壱伊を見上げる。

「野沢先輩から、なにか聞いてる？」

「なにか？　って、なに、を？」

「あー……、ＣＭ？」

「ＣＭ？」

「なにも聞いてないんだ？　そっか、俺、断っちゃったしな」

「なんの話？」

「断っちゃったけど、律には話しておくね」

壱伊は、政貴から打診された内容を、そのまま律に説明した。

「……え⁉」

律は驚く。「ナ、ナカザト音響、の、新製品の、ＣＭに？　ぼ、僕たちの演奏を？」

「うん。でももう断っちゃったから、そんなことがあったよっていう報告」

「い、いいの？　断っても？」

「だって、無理じゃん」

「こ、この前の、演奏を、使ってもら、うのも？」

「それは無理じゃないけど」

「い、壱伊、くん、実家の、ナカザト音響の、ために、Ｔ工大、受けるのに？　跡継ぎ、として、会社の役に立ちたい、って、言ってた、のに？」

「あ……！」

そうか、「なのに、断るのは矛盾してるって言いたいんだね、律？」

「……うん」

「そっかー……」

確かに律の言う通りだ。「そうだった。俺、会社の役に立ちたいんだった」

うっかりしてた。

遠くの目標より、近くの貢献。

「これ、本末転倒ってやつか？」

大学受験も大事だが、今、会社に必要とされているのに、断るとか。「や、でも、律、
律はいいの？　ＣＭとか、出てもいいの？」

目立つのも、人前に出るのも、苦手なのに？　ＣＭで映像を使われたら、律、いろんな人に見られてしまうよ？　顔は使用しないとしても、演奏の様子は使われるだろうし。

「そっ、それ、は、ムリ、だけど」

あのときの『キャラバンの到着』の素晴らしい編曲をしたのは政貴で、それがＣＭで流れたら政貴の才能を多くの人に知ってもらえるのでは、と、律は思った。なにより、壱伊のトロンボーンをたくさんの人に聴いてもらえる。唯一無二の壱伊の音を。

「わかった。野沢先輩に断りを頼んじゃったけど、一度、灰嶋さんからちゃんと話を聞い

てみる。それで、落としどころを探ってみる」

新曲を作って新たに演奏を、は、さすがにハードルが高過ぎるが、「でも律、この前の演奏っていうか、音源をCMに使うとしても、ここだけ新たに音をください、とか、CM映《え》えする画が欲しいから演奏している体《てい》で少しだけ撮影させてください、とか、言われる可能性もあるよ？　そしたら律、時間、けっこう取られるかもだよ？」

「取ら、れる？」

「OBバンドのリハーサルや、下手したら本番ともかぶるかも」

「……え？」

「それに、高校時代に散々吹いてた曲だとしても、久しぶりなんだから、さすがに練習は必要だろう？」

「そ、そう、だった……！」

「律、時間ぜんぜん足りないかもだよ？　もし頼まれるのが吹いたことのないパートだったらそれこそちゃんと練習しないと、ヤバいじゃん」

吹いたことがないパートとなると1ｓｔだが、

「だ、大丈夫、そ、れは、ないし」

中等部でも高校でも、律は基本的に一年生のときは3ｒｄで、二年生のときに3ｒｄから2ｎｄになり、三年生でも2ｎｄを吹いていた。

１ｓｔが二本必要な場合は、中学年だったときは同学年の比企と一学年上の先輩が、自分たちが最高学年になったときは比企と一学年下の山根《やまね》が（中等部の頃からすごく上手な後輩である）吹いていた。今年のＯＢバンドは山根の学年が新卒でメイン（のはず）なので、１ｓｔに限っては、もしふたり必要ならば山根とおそらく比企が吹くので、心配なんかせずとも律の出る幕はまったくないのである。

とはいえ、壱伊の指摘どおり吹き慣れている３ｒｄだとしても（『宝島』も『アフリカン・シンフォニー』も金管は決して簡単ではないので）練習はしておくべきだろう。ことに『宝島』の後半サビ前の、トロンボーンとトランペットのほぼ全パートが（まるでソロのように）ユニゾンで吹くメロディが細かく跳ぶ八小節ときたら、スライドさばきにたいそう苦労する上に少しでも音を外せば一発で皆にバレてしまうという、――本番で外しそうな不吉な予感がしたときは、瞬間息を止めてスライドだけ動かして吹くふりをするなり無音に近いくらい音量を落とすなりしてなんとか誤魔化せと、苦肉の策として先輩たちからアドバイスを受けたものだ。実際には、途中で一本でもトロンボーンの音が抜けると微妙に全体の音量が下がるので耳の良い聴衆にはバレてしまうのだが、それでも、明らかな異音が交じって音楽が壊れるよりは遥《はる》かにマシである――聴かせ処《どころ》であると同時に、とても怖い八小節であった。

だが、映える。トロンボーンとトランペット以外にホルンの華麗なグリッサンドとハイ

Dの聴かせ処まであり、これぞ金管(！)の醍醐味《だいごみ》満載アレンジの曲なのだ。

「ならいいけど、律まであっちもこっちもになっちゃうかもだし、なあ律、それでも俺、CMを引き受けた方がいいと思う？」

改めて壱伊に訊かれて、

「わ、……わかんない」

律は正直に答えた。

そこへ、土を踏む複数の足音が近づいてきて、鬱蒼とした木々の陰から政貴と、白衣姿の見知らぬ大人が現れた。

会ったことはないのだが明らかに教師とわかる様相に、律は、わたたと立ち上がり、ぺこりとちいさく会釈をした。——温室に現れた白衣姿の教師とくれば、壱伊が温室までの道中で教えてくれた、温室管理者で生物教師の大橋先生である。

「お、お、お邪、魔、して、ます」

ぎこちない律の挨拶に、

「はい。ようこそ」

大橋先生はにっこりと笑い、「こちらこそ、食事の邪魔をしてすまないね。どうぞ、食事を続けて」

律に椅子へ座るように促す。

「デザートの差し入れ、持ってきたよ」

政貴はエコバッグをひょいと持ち上げて、「といっても、学食の売店のプリンとヨーグルトだけど」

「プリン⁉」

甘い物大好きの壱伊が顔を輝かせた。

「じゃあ、中郷はプリンね」

政貴は笑って、「来る途中で大橋先生に会ったから、ここまでご一緒してきたんだ。涼代くん、大橋先生とは初対面？」

訊かれて、律は黙って頷く。

「大橋先生は、三年生のときの葉山くんの担任なんだ」

「……あ、うん」

二年前、葉山託生の音大受験のために、ここをバイオリンの練習場所として提供してくれた担任の先生。そして今、壱伊がここを使わせてもらっている（壱伊の担任の先生ではないけれど）。

自分は、こんなふうに、学校の先生に、協力してもらえなかったなあ……。

律はぼんやりと思い出す。

――もし律も、祠堂は祠堂でも、学園ではなく学院に進学していたならば、どうだったのだろう?

　他人とコミュニケーションを取るのが大の苦手で、食事は遅いし、すらすらとしゃべったりできないし、全寮制の学校なんて、人との距離が近すぎてとても自分は進学できないと、端から候補に入れていなかったが、――学院には吹奏楽部がなかったので、高校でも吹奏楽を続けたかった律としては、そういう意味でも候補にすら上がらなかったが、吹部の指導に学院へ通うようになってみて、律がどんなに言葉に躓こうとも、壱伊の友人だけでなく、部の後輩たちも、そしてこの先生も、眉《まゆ》をひそめることもなく、からかうでもなく、まったく気にせず普通に接してくれていた。

　ぜんぜん違う。

　名前は同じ祠堂の兄弟校だけど、ここは、学園より、遥かに呼吸がしやすい。

「涼代くんは学園の出身なんだって?」

　大橋先生が訊く。

「は、はい」

「偶然にしても面白いね。まったく同じタイミングで、学院からも学園からも、前例のない音大進学者が出るとはね」

「大橋先生、しかも、涼代くんと俺は楽器が同じなんですよ。中郷も吹いてますけど、トロンボーン専攻なので」

「あれ？　野沢くん、在学中に、吹奏楽部で学園とは交流があったよね。涼代くんとは、元々知り合いだったってこと？」

「いえ、在学中は知り合いではないです。受験会場で知り合って、お互い祠堂で驚いて、意気投合して、そのまま現在に至る感じです」

「へええ、それもまた奇遇だね」

にこにこと話す大橋先生と政貴。

「……意気投合」

律はそっと繰り返す。

政貴に、そんなふうに思ってもらえていて、嬉しい。

歴史の長い祠堂学院なれど、なぜかどこの高校にもある吹奏楽部が存在せず、吹奏楽を愛するがあまりに入学してすぐに吹奏楽部を立ち上げ、以降、（かなりの苦労があっただろうと容易に想像できるのに）コンクール入賞を目指すレベルへと部を育てていった政貴のことを、律は高校在学中から知っていたし、密かに尊敬していた。

その野沢政貴と、中学生の頃から憧れていた天才トロンボーン奏者の中郷壱伊と、今、律は、同じ空間にいる。まるで奇跡のように。

「葉山くんといえば、大橋先生、葉山くんと俺と涼代くんと、三人とも音楽の教職課程を取っているんですが。来年の教育実習に中等部もある祠堂学園を検討してるんですけれど、どう思われますか？」

テーブルへ、持参したデザートを並べながら政貴が訊く。

律は、ハッとする。――そうでした、来年は、壱伊が入学してくるかもしれないだけでなく、自分たちは、数週間から一ヵ月ほど教育実習で大学を休むのだ。

考えただけで、緊張してくる。

「野沢先輩、教育実習なら、学園じゃなくて、母校に、学院《こっち》に来ればいいんじゃないんですか？」

「せっかくなら三人で同じ教育実習場所を、と狙ってるんだ。学園ならば中等部と高校があるから、音楽の枠で三人、同時に受け入れてくれるかもしれないし」

「そうだね、学院だと通常は一教科に一人か二人までだね」

大橋先生は頷いて、「希望者が多い場合は前期と後期とに分かれてもらったりもするけれど、そもそも学園では、過去に、音楽教科の教育実習者を受け入れたことがあるんだろうか。音大進学者の前例がないんだよね？」

大橋先生が律を見る。つられるように、政貴と壱伊も律を見た。

「……あ、えと、ど、どうだ、った、かな……」

卒業生に限らず教育実習に訪れる大学生はいたはずだが、律にはあまり記憶がない。毎年いるわけではないし、教科や担当クラスによっては「教育実習生が来ているらしいよ」

との噂だけで、顔を見る機会もなく実習期間が終わっていたりするからだ。

「大橋先生、音大生でなくても、教育学科の音楽専攻の学生が教育実習に行くこともありますから。——でも、数は少なそうですね」

「来年、学園に申し込むにしても、その前に情報収集はしておいた方が良さそうだね。もしくは涼代くんに、母校の根回しを頼むとか」

大橋先生が冗談を言う。

「……ねまわし」

律が最も苦手とする分野だ。——根回し？　いったい、どうやるのだ……？

俯《うつむ》いて一点を見詰めた律へ、

「律、律？　大丈夫だよ、いざとなったら野沢先輩がどうにかしてくれるから、そんなに思い詰めなくていいよ、律？」

「中郷、また調子の良いことを。しかも、ちゃっかり俺にやらせるのか？」

政貴の突っ込みに、壱伊はてへへと笑った。

「それにしても、あの葉山くんが教育実習ですか」

ほんの数年前、祠堂に入学したばかりの頃の、他者をいっさい寄せつけない、警戒心に満ち満ちていた姿が嘘《うそ》のようだ。自分のことだけで手一杯で、触る者を皆傷つけていたような彼が、「……教壇に立つようになるとは」

なんとも感慨深い。——そしてこの数日後、大橋先生は葉山託生から連絡を受け、とあるサプライズに協力することになるのだが、それはまた、別のお話。

「野沢先輩、話は変わるんですけど」

壱伊が声を改めたので、政貴も真面目な表情になる。

場の雰囲気の変化に、

「さてと、では先生は失礼して、作業に移るとしようかな」

と、温室の奥を示した。

教師がいると話しにくいという様子ではなかったが、込み入った話をするときは、極力関係者以外はいない方がやりやすいというものだ。

眠っていても演奏できそうな、なんだかだで中・高の六年間演奏した定期演奏会のOBバンドの演目『宝島』と『アフリカン・シンフォニー』を、ざっくりと通して合わせてみた結果、

「んー、やっぱり主旋律が、きもーち、弱いな」

今回の指揮を担当する篠田《しのだ》が、「トロンボーン、2ndからひとり1stに入ってくれないか」

指示を出す。

2ndを吹いていた後輩の山根が「はい！」と返事をするのを遮って、

「篠田先輩！　心配ご無用ですよ。俺の他にもうひとり、今日は用事があって来てないですけど、1stには涼代が入る予定ですから」

1stを吹いていた比企がからりと笑って言う。

特別教室を使用して行われている祠堂学園OBバンドの全体練習《リハーサル》。

「すずしろ？」

「うちの代の、3rdときどき2ndだったヤツですけど、涼代、なんと音大に進んだんですよ、トロンボーンで」

「へえ……！　音大！」

比企の代より上の先輩たちが〝音大〟と聞いて、ざわっとする。

ここにいるほぼ全員がエスカレーター組で、祠堂系列の大学に在学しているか、卒業生なのである。

ふうん、本人不在でも注目の的じゃん。――音大の威力はすごいねえ、涼代。

「去年はトロンボーンの人数枠に入れなくて演奏に参加してなかったんですけど、今年はどうしても1stを吹かせろって藁科に詰め寄ったそうです。な、藁科？」

クラリネットの1stに参加しており、今回のOBバンドのメンバー取りまとめ役でも

ある藁科は、曖昧《あいまい》に笑うと、

「まあ、な」

と、応えた。

「いっこ下の1ｓｔなんか出る幕ないってさ」

比企は、隣に座る一学年下の後輩へ、「音大生の自分に1ｓｔは譲るべきだとよ。残念だったなあ、山根」

また笑う。

山根は押し黙り、譜面台に置かれた2ｎｄの楽譜を睨《にら》むように見詰めた。

「音大生の演奏がどれほどのものか、来週の練習が楽しみだよなあ」

比企は誰へともなく言い、藁科へ目配せした。


「中郷、話は変わるって、なに？」

政貴に促され、

「ふたつ、あるんですけど。ひとつは、定期演奏会をうちでもやりませんか？」

「うち？　学院の吹奏楽部でって意味？」

「はい」

壱伊は大きく頷くと、「律が、年末の祠堂学園の定期演奏会にＯＢバンドのメンバーとして出るかもしれなくて、だから年内は日曜日にその練習があってこっちに来られなくなると聞いて、俺も定期演奏会、やりたくなりました」

「それはまたシンプルな」

影響のされ方だなと内心微笑《ほほえ》ましくもなり、それはそれとして、政貴とて考えたことがなかったわけではないのだが、時期尚早な気がしていて、「定期演奏会かあ……」

「来年なら、人数的に、ＯＢバンドが作れるかもしれないし」

きっかけはシンプルでも、壱伊の提案に熱がある。――本気だということだ。

「それにしても、ＯＢバンドありきで在校生たちの定期演奏会を立ち上げようとするの、面白いよなあ、中郷は」

ＯＢバンドの一員として自分ががっつり参加する前提で、提案してるんだよなあ。

こんなんで（良い意味で）、万が一、Ｔ工大に受かって通うようになったらどうするのだろう？　とても吹奏楽をやっている時間はなさそうだけど。

高校からは吹奏楽はやらないと決めていたくらい、吹奏楽に淡泊になっていると自分では思っているのだろうが、なかなかどうして、中郷も（政貴や律に負けず劣らずの）相当な吹奏楽ラブ《バカ》だよなあ。

「こんなことなら、去年から計画していれば良かったなあ。せっかく俺、部長になったのに。コンクールで勝ち抜くことだけで頭がいっぱいで、それ以外のこと、まったく考えてなかった」

「正しいだろう？　コンクールで勝ち抜くことが、祠堂学院吹奏楽部の最優先事項だったんだから。そこに一点集中して、全力投球したのは正しい部の運営だったと俺は思うよ」

「野沢先輩……」

「なんだかだ言って、中郷は良い部長だったからね」

「……そうかなあ？」

「だから、渡辺におんぶに抱っこでも部がまとまっていたんだよ。もちろん副部長の渡辺の手腕のおかげでもあるけれど、部長の中郷が、ぶれなく迷いなく目標に向かってまっすぐ突き進んでいたからだよ」

誰にもよそ見をさせないくらいに、強い光を放っていた。「正直、定期演奏会が開催できるほどの伝統もレパートリーもまだうちの部にはないけれど、準備を始めるのは良い頃合いかもしれないいな」

「！　そしたら、野沢先輩！」

「中郷から提案してみたらどうだい？　さすがに今年度内に開催するのは無理だろうけれど、コンクール以外の発表の場は、部の励みになりそうだし」

「あー、……でも、差し出がましくないですかね」

後輩たちの邪魔をしないよう練習場所を温室に移した壱伊。

「だったら、それとなく根回しをしておくよ。感触を探っておく」

——根回し！

律が密かに反応する。——根回しをするときに政貴のそばにいれば、やり方の参考に、できるだろうか。

「はい、お願いします！　で、もうひとつは、この前の野沢先輩からの電話で、俺、ＣＭの話、断ったんですけど、も、あの……」

壱伊はちらりと律を見てから、「もしかして、引き受けた方がいいのかな、って」

「一応、灰嶋さんへは断りの連絡をしてあるけれど、気が変わったってこと？」

「律に、……Ｔ工大を受験するのは、俺が、実家の会社に、俺がゆくゆく継ぐことになるナカザト音響に貢献したいからなのに、大学卒業後のそんな先の話じゃなくて、今、貢献できることがあるのに、どうして断るのかって訊かれて」

「……なるほど」

政貴は大きく頷く。

本音を言えば政貴は、壱伊にはＣＭの話を受けてもらいたかった。ナカザト音響の御曹司だから、ではなく、純粋に、壱伊のトロンボーンがＣＭを引き寄せたのだ。人々の心を強く惹きつける壱伊が奏でる音や音楽を、広く、多くの人に聴いてもらう絶好のチャンスされて当然と納得していたが、残念にも思った。

だが強制はできない。事実スケジュールは無茶だし、壱伊は受験生である。壱伊に一蹴と思ったから。

……やっぱりなあ。

コンクール前のあのときも、だけれども、やはり中郷を動かすのは涼代くんなのだな。と、政貴は、ほのぼのとした心持ちになった。

「じゃあ中郷、引き受ける?」

「二つ返事でってわけにはいかないですけど」

「それはそうだよね」

「みんなのできる範囲でっていうか、俺のできる範囲と、律のできる範囲と、野沢先輩ができる範囲と、それから、別所さんのできる範囲がまちまちだと思うから、擦り合わせっていうか、なにができてなにができないかも、まだわからないので、どう返事をすればいいのかもわからないんですけども」

「ふむふむ」

「この前の演奏をそのまま使うなら、一番、俺たちの負担が少ないと思うんですけど、グループ名が欲しいとか、できればオリジナル曲でって、それ、権利関係をシンプルにしておきたいって意味ですよね?」

「お。さすが、ナカザト音響の御曹司」

政貴が褒める。「グループにして連絡先の窓口をひとつに、印税などが発生したときにオリジナル曲ならば著作権の扱いもシンプルになるからね」

「でも野沢先輩、グループにしちゃっていいんですか？」

「俺はいいけど。楽しかったし。涼代くんは？」

「え？　あ、僕も、……や、でも、僕なんかと……」

「なんかってなに？　律の２ｎｄめっちゃくちゃ良かったのに？　なんでそういうこと言うの？」

食い気味に、壱伊がやや憤ったように訊く。

「……え」

律は少々面食らって壱伊を見る。

「律の演奏に刺激を受けて、それで俺もノリノリで演奏できたんだよ？　なのに、なんかって言わないで」

「……ごめん」

「自分のこと過小評価しちゃダメだよ、律？　いい？」

「……うん」

「そしたらグループ名、律が決めて」

椅子に座ったまま、律がざざざと後ろに下がった。

「――え？　えええ⁉」

「律に宿題ね。あと、グループのリーダーは野沢先輩で」

壱伊はさくさくと話を進める。「新曲、どうすればいいかなあ。あ！　もしかして、野沢先輩、曲のストックってありますか？」

「トロンボーンのみの曲はさすがにないけど、アレンジ次第でどうにかなるし、そういう意味では、なくはないけど、別所くんの方が手堅いかなあ。彼の方が曲のストックをたくさん持っていそうだから。使わせてくれるかどうかは別として」

「そしたら、曲の使用とグループのメンバーになってくれるかどうかも含めて、別所さんへの確認、野沢先輩にお願いしてもいいですか？」

「もちろんいいよ。それから、もし別所くんに曲のストックがあって利用可で、俺のを含めて何曲か候補が出せそうだったら、なるべく早く中郷へ連絡するよ。１ｓｔは中郷の担当だからな」

「わかりました。それと、曲の練習、どうしますか？」

「プロのスタジオミュージシャンなら、最短、録音当日に譜読み、本番、なんだろうけど、でも、まあ、中郷はそれでもいけそうだし、皆で合わせる練習の日程決めは、灰嶋さんにスケジュールを確認して、逆算するしかないだろうなあ」

「そ、そしたら、学園、の、定期演奏会の、話、こ、断った方が、いい、よね？」

「でも律、ＯＢバンドで演奏したいんだよね？」

「や、ま、まだ、引き受けて、ない、し。保留、だし」

「あれ？　涼代くん、去年の学園の定期演奏会にはＯＢとして参加しなかったんだ？」

「き、希望者、多い、し、僕、みんなほど、上手じゃ、な、ないし」

「……へえ」

　律の言う、みんなほど上手じゃないの判断が妥当かどうか、――祠堂学園吹奏楽部のトロンボーンのレベルを政貴が正確に把握しているわけではないので肯定も否定もできないが、引っ込み思案の律のことなので、もしかしたら、吹部時代の演奏も、遠慮がちなものだったのかもしれない。

「律、今週はこっちが先約だったけど、定期演奏会の本番までは、毎週土日のどちらかでリハーサルをすることになっているということは、次の週末はＯＢバンドの練習の方に参加するんだよね？」

「え？　あ、うん？」

「つまり、再来週の日曜日は、律はこっちに来られないかもしれないんだよね？」

「や、さ、参加、と、言うか、まだ、決めて、は、なく、て、一度、よ、様子、を見に、行こう、と、思って」

「中郷が推してるっぽいし、涼代くん、週末までにはこっちのスケジュールも具体的に出そうだし、あっちの日程とうまくやりくりできそうなら、参加してもいいんじゃない?」

「……う、うん」

「よし。では、今夜中に、灰嶋さんにも別所くんへも連絡を入れておくよ」

政貴は腕時計で時刻を確認すると、「そろそろ午後の練習が始まりそうだから俺は行くけど、涼代くんは、もう少しここでゆっくりしてくといいよ。デザート、まだ手を付けてないし、グループ名も決めないとね」

じゃあまた後でと手を振って、温室を出て行った。

「グ、グループ名、ホ、ホントに、僕が、決める、の?」

グループ名、重要なのに?

「なら、一緒に考えよう!」

壱伊は楽しげに律の顔を覗《のぞ》き込み、「律は、どんなのがいい? イメージとか、語感とか、あと、意味とか?」

「トロンボーンが、三本、だから、あ、別所くん、の、ピアノが、入るか、まだわからないけど、トロンボーントリオって、すぐにわかる感じの、とか?」

「トロンボーントリオ……、ふむ、ボーン・トリオ、とか、トロン・リオ、とか」

「と、トン・トリ、とか?」

「トン・トリ？」

　ふたりはハタと顔を見合わせ、

「「──トリ・トン！」」

　声も合う。

「トリトン、律、いいじゃん、トリトン！　トロンボーントリオとは、パッとはわからないけど、グループ名の由来を訊かれたときにそれらしく答えられるし、直接的な名前じゃないから、トロンボーンにピアノが入ってても違和感ないし」

「うん！」

「カタカナの〝トリトン〟にするか、アルファベットの〝Triton〟にするか、いっそ平仮名の〝とりとん〟にするか」

「アルファベット、が、いい、けど、ハイフン、入れて〝Tri-ton〟に、する、のは？」

「〝Triton〟を〝Tri-ton〟に？」

　壱伊はトロンボーンケースに常に入れてあるメモ用の絆創膏《ばんそうこう》サイズの付箋《ふせん》に〝Triton〟と〝Tri-ton〟を並べて書き、「うん！　いいな。ベースがトン・トリだし、〝Triton〟との差別化みたいなハイフン付き〝Tri-ton〟、いいね！」

　律へ見せる。

　壱伊の手元を覗き込み、こくりと大きく頷いてみせた律へ、

「野沢先輩も気に入ってくれるといいね」

と、壱伊は微笑んだ。

十月の文化祭で訪れていたとはいえ、どこもかしこも明るく装飾された賑《にぎ》やかな雰囲気に溢《あふ》れていた校舎と、平常の、しかも生徒は休みである土曜日の人気のない森閑とした校舎とでは、まるきり別の顔をしている。

それに寒い。

授業のある平日は、冬にはセントラルヒーティングにより校舎全体が、個々の教室だけでなく廊下もそれなりに暖められ、過ごしやすくなっていた。

さすがに土曜日はそうはいかない。

日光が射《さ》し込まない廊下は十二月ともなると、とても冷える。

ＯＢバンドの練習は特別教室で十時から、との連絡を藁科から受けていたが、まだ九時半にもなっていなかった。昨日のうちに帰省していた実家から徒歩で来られることもあり、遅刻だけはしたくないと、つい早めに来てしまった。

卒業生は生徒たちが使う昇降口の利用が禁止されているので、来客用の正面玄関から校舎に入る。玄関脇《わき》にある事務室に挨拶をして、昼間なれど薄暗い廊下を特別教室に向かいながら、律は、一歩ごとに緊張が増して、ついに立ち止まってしまった。

――怖い。

後輩たち（律たちが三年生のときの一年生が現在の最上級生だ）には文化祭で会っている。学院から表敬訪問にやってきた壱伊たちを案内したので。

存在感の薄かった律なので、もしかしたら後輩たちには忘れられているかな、と懸念していたが、幸いなことにそれはなかった。けれど律が壱伊たちを案内していたことには、大いに驚かれた。しかも昨年は挨拶に来なかった〝あの中郷壱伊〟が、学院の文化祭のステージ演奏を最後に部を引退しているのに、今年はわざわざ学園の文化祭に、吹奏楽部へ挨拶に来てくれたと、異様な盛り上がりとなったのだ。

壱伊のまわりにはいつも笑顔がある。みんな、壱伊に笑顔を見せる。それまでの律が、見たことのない景色だ。

在校中には数え切れないほど歩いた廊下、なのに、卒業してしまうとよそよそしさが体を包む。文化祭では壱伊が一緒にいたのでどこもかしこも輝いて映ったけれど、世界が自分を受け入れてくれる安心感や楽しさがあったけれど、――今はポツンと、やけに心細くてならない。

中等部でも高校でも吹奏楽部の活動が終わって帰宅するとき、たいてい律は一緒に帰る友だちもなく、薄暗い廊下をひとりきりで歩いたものである。

こんなふうに孤独感にさいなまれたとき、校内のどこにも自分の居場所がないように感じられて辛《つら》くてたまらなくなったとき、律は医務室——保健室に、行った。校医の一ノ瀬《いちのせ》先生に（一ノ瀬先生は養護教諭ではなく医師免許を持ったお医者さんなのだ）少しだけ、話を聞いてもらいに。心の負担を、少しだけ預かってもらいに。

そうして六年間を乗り越えたのだ。

「……そう、だ、一ノ瀬先生」

土曜日って、先生は、学校にいらしてるんだろうか？

医務室へ向きを変える。そう心に決めたとたんに、足がスムーズに動く。軽くなる。

瞬く間に医務室の前に着き、ドアをノックすると、

「どうぞ」

中から懐かしい声が返ってきた。——いらした！

嬉しくなって、律は、それでもそっとドアを開ける。

「こ、こんにち、は」

少しだけ顔を覗かせると、

「おや、涼代くん」

バインダーを片手に薬棚の前で作業をしていた白衣姿の——学院の大橋先生の白衣とは

意味合いは異なるが、同じような白衣の、懐かしい姿の一ノ瀬先生は、「久しぶりだね、元気だったかい？」

と、にこやかに訊く。

「……はい」

頷いたものの、そのままドアから動かない律へ、

「遠慮はいらないよ。どうぞ、入って」

一ノ瀬先生は手招きして、生徒たちの定位置である診察用の丸椅子をすすめた。

体重を乗せると、ギッと僅《わず》かにきしむのも懐かしい。

バインダーを机の向こうへ置いて、一ノ瀬先生も専用の椅子に座り、

「今日、学校に来ているということは、吹部？」

と訊いた。

「は、はい。OBの」

律はまた頷いて、「ちょ、ちょっ、と、きん、ちょう、しちゃって」

「懐かしい部活の仲間に会うのに、緊張しちゃうのかい？」

「……はい」

律は正直に頷く。吹奏楽は好きだけど、部活が楽しかったかと訊かれたら、そうではなかった。

地元の小学校から私立祠堂学園中等部へ受験を経て進学し、なんとなく入部した吹奏楽部でトロンボーンと出会い、以降、エスカレーターの高校でも吹奏楽部でトロンボーンを吹いていたのだが、知れば知るほどトロンボーンを好きになったけれど、才能に関しては平凡だった。ちゃんと自覚していた。なにせわかりやすく才能のある人——比企斗麻が同学年にいて、彼は常に1ｓｔを吹き、ソロパートも担当していたのだ。その上に人望もあり、副部長に選ばれただけでなく軽々とその任をこなしていた。

だからとても驚かれたのだ、律が音大を受験すると知った部員たちに。

『比企ならともかく、涼代が？』

なにかの冗談か？　とばかり臆面《おくめん》もなく驚かれた。——当の比企には笑われた。どうせ合格しないと思われていた。

才能は平凡でも、律は、もっとトロンボーンのことを知りたかった。吹奏楽を、音楽を深く理解したかった。

六年間、吹奏楽部でずっとトロンボーンを吹いていたが、律は音楽家を志していたわけではない。自前の楽器を持っている（決して安くはないけれど、親にねだって買ってもらったものだ。そして、ほとんどの部員が自前の楽器を使っていた）からといって、それがそのまま音楽家を志す道に繋がっているわけではない。プロの演奏家になれるとか、なりたいとか、本気で夢見たことはないけれど、いや、なれるものならなりたいけれども、世の中はそんなに甘くできていないし、夢物語はさておき、音楽にかかわる仕事に就けたらしあわせだな、と、ぼんやり考える程度だった。

これまた奇跡と笑われたが、たいして上手くもない律が音大に合格し、進学し、楽器演奏の上手な比企や他の同級生たちは音楽とはまったく関係のない祠堂系列の四年制の大学に進んだ。

事情を承知の一ノ瀬先生は、仲間たちの話題を掘り下げることはせず、

「涼代くん、大学はどうだい？」

「た、楽しい、です」

律はふわりと笑う。

「それは良かった。進学を応援した甲斐《かい》があるというものだよ」

担任の先生も、名ばかりの進路指導の先生も、大学受験に際して律になにかしてくれたわけではなかった。事務手続きのほとんどは律が自力で行ったのだ。私立の学校で、系列大学のエスカレーターに乗らない律はそれだけで異端で、教師の手間を増やす厄介な生徒だったので。表立って反対こそされなかったが、受験は孤独な闘いだった。

もちろん家族は応援してくれたし、そして、一ノ瀬先生も、応援してくれた。校内での唯一の味方だったかもしれない。

「――あ」

そうだ、根回し。「あ、あの、一ノ瀬先生、ら、来年、教育実習が、あって、音大の友だちと、三人で、ここで、受けたいんですけど、どうしたらいいと、思いますか?」

「教育実習?」

一ノ瀬先生が目を丸くする。「涼代くん、教職課程を取ってるのかい?」

「……はい」

「そうかあ。そうなんだね」

たくさんの人の前で、どころか、友人たちとですら、緊張してうまくコミュニケーションが取れなかった涼代律が、なんと、教壇に立とうという。「……いやあ、参った。感動したな、これは」

「音楽の教科で、一度に三人は、む、難しい、と、聞いて」

「よし。ならば先生が協力するよ。来年、通常の手順で教育実習の申請をするといい。あとは、うまくやるから」

「ホ、ホント、ですか?」

「もし祠堂が受理しないといったら、三人で受けられる高校を、先生が責任を持って探すから、どんと任せておきなさい」

「……はい」

律はみるみるホッとした。

これが根回しなのかはよくわからないけれど、大橋先生のアドバイスに従って学園の先生に、――一ノ瀬先生に相談して、良かった。

「そうだ、先生からも涼代くんに、少し話したいことがあったんだ」

「ぼ、僕に、です、か？」

「そう。吹部のことでね」

「はい」

律はすっと居住まいを正すと、一ノ瀬先生をまっすぐに見た。


桜ノ宮坂音大近くのカラオケルームの前で、待ち合わせをした。そのまま広めの部屋を数時間借りる。ピアノはないが楽器を鳴らしてもまったく問題がないうえに（ピアノが常設のレッスンスタジオを借りようとしたが、どこも埋まっていたのだ）、スタジオ代より利用料金が安くてお得である。

ドリンクのオーダーを済ませてから、

「さすがに四分の長さの曲を用意するのは難しいので、フルで一分の曲を、五秒のキャッチーな切り抜きバージョン、十五秒のキャッチーな切り抜きバージョン、で、編曲してみました」

カラオケルームならではの大きなガラステーブルに、クリップでまとめた二種類の譜面を並べて別所亮太《りょうた》が説明する。「タイトルAが別所作曲で、タイトルBが野沢作曲です」

「一週間でここまで……！」

灰嶋がいたく感激しながら二種類の譜面を手に取った。

壱伊も譜面を手に取って、黙読で譜読みをする。実家へ短期帰省する名目で、学校には土日の二日間の外出許可を取り、今朝早く楽器を手に出発した。土曜日午前に設定された第一回“Tri-ton”メンバー（律は不在だが）打ち合わせ。

ちなみに別所は準メンバーとして加わることになった。コンスタントに参加はできないが、面白そうなのでチームには絶対に交ざりたい！　とのことで。

「AもBもトロンボーンの編曲は野沢くんに頼んで、ピアノパートは俺が担当しました。餅《もち》は餅屋、ってね」

別所が笑い、政貴も笑って頷く。

ナカザト音響の社内アプリでライブ中継されたのと同じ編成の、トロンボーン三本とピアノ一台。音の厚みとしては、遜色《そんしょく》ないはずである。

「全体の方針として、AもBも、中郷に吹いてもらう1stは、限りなく派手めにしました」

政貴は言い、「そして、2ndの涼代くんと3rdの俺とで、和音というか低音部分を厚くしつつ、基本ピアノにはリズムを刻んでもらうことにしました」

「どっちもブラス向きの、突き抜けた勢いのあるっぽい曲ですね」

両方の譜読みを終えた壱伊は感想を述べ、「灰嶋さん、どうしますか？　俺は、どっちの曲も好きです」

と、尋ねる。

「どちらもですか。今回のＣＭ制作は時間との闘いで欲張れませんので、先《ま》ずはＡかＢのどちらかに決めてしまわないとなりませんね」

「わかりました。なら、吹いてみますか」

壱伊が持参したトロンボーンケースを引き寄せる。

「涼代くんがいないから、２ｎｄは俺が吹くね」

と、政貴。

リュックからタブレットを取り出した別所は、

「ＡもＢも、ピアノパートは打ち込みしてきたから、タブレットで流せるよ」

「おお、さすが別所くん」

感心する政貴へ、

「合わせてみないとわからないけど、もし、生のピアノよりこっちの、電子音の方が相性が良ければ、本番もシンセでいいかもしれないし」

言いながら、別所はタブレットの画面を立ち上げて、「ボリュームは最大だな」音量調節をした。

「譜面台、持ってくるの忘れちゃったんで、本番は立って演奏するとしても、今日は座ったままでもいいですよね？」

壱伊の確認に、

「あ、譜面台、俺も忘れた」

政貴が言い、

「テーブル大きいし、楽譜ばーっと広げちゃったら？」

別所が言う。

「練習の様子も撮影させてもらうよ」

灰嶋はデジタルビデオカメラを取り出すと、高性能マイクを取り付けた。本体のマイクは設定でキャンセルした。

音のガイド無しに壱伊がチューニングを始める。――絶対音感の持ち主の壱伊、別所もだ。残念ながら政貴は（律もだ）絶対音感の獲得には至っていない。出先でのチューニングにはデジタルチューナーが必須だし、おそらく生涯、獲得することは敵《かな》わないだろう。

絶対音感の獲得は、幼少期が勝負なので、出遅れると俄然《がぜん》不利になるのだった。

そう、幼少期から相当な努力をし、とてつもない才能にも恵まれているのに、なぜに中郷壱伊の進路の選択肢に（Ｔ工大に限らずどこであれ）工業大学などというものが登場するのか（跡取り息子の責任感ゆえと聞いてはいるが）未《いま》だに政貴には甚だ疑問だったし、そもそも、この期《ご》に及んで工業大学を受験している場合ではないような気がした。

なあ中郷。

きみの人生は、音楽へと、ぐんぐん引き寄せられているように映るよ。

潔く、桜ノ宮坂一本にすればいいのに。

きみの周囲にはこんなに〝音楽〟が集ってくるのに。――こんなに、音楽の神に愛されているのに。

人気のない薄暗い廊下を特別教室に向かって歩いていると、ポケットのスマホにメッセージが着信した。

「の、野沢くん？」

政貴からＳＭＳで送られてきた内容は、

『涼代くんがいないと雰囲気が出ないよ～』

だった。

雰囲気が出ないとはどういう意味なのだろう？

どう返事をしたものか律が迷っている間に、別のメッセージが届く。

「え？　べ、別所、くん？」

『涼代くん
鍵盤《けんばん》ハーモニカ持ってる？』

「……け、鍵盤、ハーモニカ？」

この時間、彼らはカラオケルームでCMの曲選びをしているはずで、「な、なん、で、
鍵盤ハーモニカ？」

意味不明だが、

『実家にあるよ』

と、返信すると、

『貸して！』

と即レス。

すると、また別のメッセージが。

『律ー！　リハーサル　ガンバレー！　でもって　そっち終わったら　ソッコーこっち来
てー！　待ってるから!!!』

と、壱伊から。

「……待ってる？」

いったい何時までやるつもりなのだろう？

グループでのSMSではなく個別だったので、たまたま彼らが一斉に律へメッセージを送ってよこしたことになる。

それにしてもメッセージなのになんと賑やかな面々だろう。つい、口元がほころんだ。

――リハーサル　ガンバレー！

壱伊からの励ましに、気持ちまで軽くなる。

「よし、が、頑張ろう」

そしてリハーサルが終わったら、実家へ鍵盤ハーモニカを取りに寄り、カラオケルームへ急ごう。

廊下を進み特別教室に近づくにつれ、各自がバラバラにパート練習をするメロディが不規則に交ざる独特な、懐かしい吹部の音が聞こえてきた。――ああ、祠堂学園高等学校吹奏楽部の音だ。

だが――。

律はふと足を止めた。間違いなく、聞き慣れた母校の吹部の音だけど、こんな音、だったかな？

「よお！　涼代、文化祭以来だな！」

背後から律の背中をぱんと叩いて、ご機嫌な様子の比企が追い抜いて行った。「おはようございます！」

潑剌《はつらつ》と挨拶しながら特別教室へ入って行く比企の後ろを追いかけるように、律も、

「……お、はよう、ございます」

小声で挨拶しながら特別教室へ入った。

広い特別教室には、吹奏楽演奏スタイルにパートごとにまとまりをもってパイプ椅子が並べられていた。

と、既に室内で音だしを始めていた半数以上は顔も名前も知らないＯＢたちの視線が、一斉に律に向けられる。

律はギクリと身を竦め、思わず数歩、後ろに下がってしまった。——え。なんで？

「涼代くん、来てくれたんだね」

藁科が手にしたクラリネットをちょいと挙げて、にこやかに言う。

「涼代！　いつまでそんな所に突っ立ってるんだよ、早く椅子に座れよ！」

比企が自分の隣の椅子を示す。

トロンボーンの区画に椅子は五脚。つまり五本。通常であれば１ｓｔ二本と２ｎｄ及び３ｒｄとバスが一本ずつのはずだ。てっきり後輩の山根が座っていると思っていた向かって左端の１ｓｔの椅子に、比企が当然のように座る。その隣も１ｓｔのはずなのだが空席で、更に隣の椅子に一学年下の山根がいた。

──あれ？

山根がどうして2ndに？　もしくは3rdか？

「ほら、ここ！」

比企が尚《なお》も、隣の椅子を律にすすめる。「涼代、念願の1stだぞ！　現役音大生の腕前、聴かせてくれよ！」

「……え？　ぼ、僕、が、1st⁉」

律は心底驚いた。そんな話は聞いていない。慌てて藁科を見ると、やけにニコニコと、こちらの様子を眺めている。

自分の前に立てた譜面台からじっと視線を外さずにいた山根が、ふと、顔を上げた。不思議そうな眼差《まなざ》しで、初めて律と目が合った。

「で、でも、ふぁ、1st、は、山根くん、が……」

というか、そもそも定期演奏会に於《お》けるOBバンドの主役は新卒の学年で、なのにどうしてこんなに山根が肩身の狭そうなことになっているのだ？

「山根も納得してるって。いいから！　四の五の言わずにここ座れ！」

バンと椅子の座面を叩かれ、律はびくりと身を竦ませる。

仕方なく比企の隣、1stの椅子に律はそっと腰掛けた。と、山根がちいさく律へ会釈する。律も、ぎこちなく会釈を返した。

律の正面の譜面台には『宝島』と『アフリカン・シンフォニー』の１ｓｔのパート譜が。比企が隣で演奏しているのは何年も見て聴いているけれども、自分が演奏したことはない。２ｎｄと同じ部分もあるが、１ｓｔといえばパートの花形、主旋律を奏でる役を担っている。

練習開始の時刻が近づき、続々とＯＢたちが特別教室に集まってくる。

律は、音を鳴らさずスライドの動きだけで二曲の譜面を素早く最後までさらう。そのあいだも心臓がばくばくと、口から飛び出しそうに激しく鳴っていた。スライドを持つ指が小刻みに震える。

「涼代先輩、大丈夫ですか？」

こっそりと、山根が心配して訊く。

「……だ、だい――」

「大丈夫に決まってんだろ？　音大だぞ、音大。涼代は現役の音大生なんだからな。こんなの、楽勝だって」

律のセリフを遮って、比企がからかうように口を挟む。

山根は心配そうに、だが、それきり黙った。

やがて指揮をする篠田が前に立ち、

「はーい！　では、リハーサルを始めます。オーボエ、音ください」

チューニングが始まり、ただひとり、律だけがまったく違う音を鳴らした。

「涼代先輩っ、チューニングの音、間違ってます」

山根が慌てて声を掛ける。

OBたちが弾《はじ》けたようにげらげら笑い、

「おいおい、どうした、音大生？」

誰かがからかう。

「あ、……あ、そ、うか」

律はハッとした。

音大でのチューニングは、個人練習のときでもオーケストラ方式のA（ラ）で合わせるので、チューニングと聞いて反射的にAの音を鳴らしてしまった。吹奏楽部でのチューニングはB♭（シのフラット）だった。

オーボエはちゃんとB♭を鳴らしていたのに、オケのチューニングでもオーボエに合わせることもあり、すっかりその音をAと思い込んで鳴らしてしまった。——律が絶対音感を持っていない弱みが露呈したケースでもあるし、緊張のあまり、現状の把握がおかしくなっていた証拠でもある。

駄目だ、しゃんとしないと！

「さすがに緊張し過ぎじゃね？」

「大口叩いてた割に、なあ?」

こそこそ話が律の耳に届く。——大口? とは?

なにがなにやらまったくわからないのだが、

「はい、静かに。『アフリカン・シンフォニー』から行くよ。冒頭のトランペットとホルンとトロンボーンには立ってもらうから。出だしのパーカッション、八小節めのティンパニの連打の間に素早く立ち上がってくれ」

篠田が指示を出し、指揮棒を構える。

——立ち上がる⁉

それだけで、律はまたまた緊張する。

過去に文化祭で演奏したときには、そのような演出は一度もなかった。——学院の文化祭での壱伊は、自由自在にトロンボーンを吹きながら、立ったり座ったり前へ出てきたりと演奏も動きも激しかったけれども。

律にはとても壱伊のような機敏な動きはできない。できないけれど、——真似《まね》してみようと思った。堂々としていた壱伊。常に楽しげにトロンボーンを演奏していた壱伊。のびのびとした姿は、そのまま、彼ののびのびとした音や音楽と重なる。

律ー! リハーサル ガンバレー!

うん、頑張るよ、壱伊くん。

律は腹を括《くく》った。

曲の冒頭から八小節めでみんなに合わせて立ち上がり、トロンボーンを構える。マウスピースをくちびるに当て、腹式呼吸で得たたっぷりの空気を、ゆとりを持ってスロートの奥へと送る。

それでも緊張で膝が震えた。スライドを操る右手も震える。けれど音は震えなかった。

――粘りのある常に安定した演奏力。

アクロバティックな超絶技巧ではなく、楽器を奏でる者として、コンディションの良し悪しに拘わらず、周囲の状況にも左右されず、いつでも自分が望む演奏ができるような、したたかで確実でムラのない〝実力〟を身につけたい。

それを、自分の、武器にしたい。

自分の奏でたい音を、音楽を、現実のものとするために。聴く人へ、ちゃんと届けられるように――。

「ここ、ちょい、しつこいくらいにリピートかけた方がカッコよくないですか？」

壱伊の提案に、

「ああ、グルーヴ的な？」

政貴の確認。

「やってみる？」

別所がまとめ、

「お願いします」

壱伊が頷く。

せーのっ、せ！　で、サビ前のフレーズをしつこいくらいに何度も繰り返した。やがてみんながニヤニヤし始め、ついにはゲラゲラ笑い出す。

「悪くない！」

と、別所。

「このループ、サビ前だからって盛り上げずに、逆に、クレシェンドかけないまま焦《じ》らす感じでもいいかもね」

政貴のアイデアに、

「それ、スカしてていいですね！」

壱伊ものった。

「ああ、くっそ、俺も生で弾きたい！　涼代くん、早く鍵盤ハーモニカ持ってきてくれないかなあ……！」

「中郷、涼代くん、何時くらいにこっちに合流できそうだって？」

政貴に訊かれて、

「さっきのメールに、リハーサルは終わったって書いてあったから、実家に寄って、ここまでだと、うーん、どれくらいかかるんだろう？」

律が使う交通事情に詳しくないので、さすがの壱伊でもわからない。

ここは食事が美味しいのでも有名なカラオケチェーンなので、ランチは外出せずにそのままルームでオーダーして食べた。

食事しながらも、あそこはこうしたい、等と意見を出し合って、テーブルに広げられた楽譜は書き込みだらけとなっていた。

演奏しながらどんどんと、自分たちらしく変えてゆく。目の前に作曲した本人たちがいて、このフレーズはどういう意味なのかの解説をじかに聞けたり、アレンジだけでなく、場合によっては主旋律までいじるので、吹奏楽やクラシックの経験しかない壱伊には、新鮮で、楽しくて、たまらなかった。オリジナル曲を作るって、こんなにワクワクするものなんだ！　と。

時間が過ぎるのも忘れて、ふたつの曲をブラッシュアップしてゆく。

「涼代くんの意見も聞きたいなあ。俺が勝手に2ｎｄのアレンジを変えて行っちゃってるけど、涼代くんのクセというか得意な音形も取り入れたいんだよなあ」

「野沢先輩、律の得意な音形ってなんですか？」

「ほら、人によって得意な技術があるだろ？　たとえば、タンギングがうまいだけでなくてフラッターツンゲまでできちゃうとか、やけに高音がうまいとか。最近の涼代くんはシロマルが抜群にキレイになってて、中郷の主旋律との対位法、あ、対旋律を使ってゆったりめのメロディでかけあいするのも、面白いんじゃないかと思ってるんだけどさ」

「曲のどこかに、俺と律の聴かせ処を数小節、入れるってことですか？」

「そうそう。もしくは、中郷が細かく動いて涼代くんがゆったりとした音量で支えるってのも、悪くないし」

「膨らむねえ、野沢くん」

別所がにやりと笑う。

「ああ。みんなで演奏しながら曲を作るのが、こんなに楽しいとは思わなかったからさ。刺激を受けまくりだよ」

「――わかる」

じんわりと大きく頷く別所に、壱伊も、灰嶋も、大きく頷いてみせた。

もしかしたら、初めてのことかもしれない。

実家から大学の最寄り駅まで向かう電車の中、律の隣には後輩の山根が座っていた。実家に寄ってからホームで電車を待っていると、偶然、山根から声を掛けられたのだ。

乗る電車が同じだったこともあり、自然にふたりは空いている席に並んで座った。

部活以外で後輩と話した記憶がほとんどない律としては、なにを話したものかまったく見当すらつかなかった。

そんな律の不安をよそに、山根はやや興奮気味に、

「……鳥肌立っちゃって。涼代先輩のトロンボーン、マジですごかったです」

と、誉《ほ》めまくる。

律は、返事に困る。それどころか、反応にも困っていた。

「前回のリハーサルのときに、比企先輩が涼代先輩の話をして――」

『篠田先輩！　心配ご無用ですよ。俺の他にもうひとり、今日は用事があって来てないですけど、1stには涼代が入る予定ですから』

『うちの代の、3rdときどき2ndだったヤツですけど、涼代、なんと音大に進んだんですよ、トロンボーンで』

『去年はトロンボーンの人数枠に入れなくて演奏に参加してなかったんですけど、今年はどうしても1stを吹かせろって藁科に詰め寄ったそうです。な、藁科？』

『いっこ下の1stなんか出る幕ないってさ。――音大生の自分に1stは譲るべきだと

よ。残念だったなあ、山根』

『音大生の演奏がどれほどのものか、来週の練習が楽しみだよなあ』

「――涼代先輩がそんなことを言うなんて変だなって、思ったんですけど、もしかしたら音大に進んで、人柄が変わっちゃったのかなって」

強気な感じに。

だが強気は強気でも、そっちの強気ではなかった。

あんなに臆病そうなトロンボーンを吹いていた涼代先輩が、指が小刻みに震え、あきらかに緊張していたにもかかわらず、その様子とは真逆な、堂々とした音を鳴らした。

しかも、ぶっ通しのリハーサルで段々とみんなの呼吸がアヤシくなってきていたのに、まったく衰えがなかった。最後の最後まで、どんなに細かいパッセージでも息も音も乱れることなく、どのアーティキュレーションも弧を描いて美しく着地していた。

「明らかに、俺たちとは演奏の次元が違ってました。――凄《すご》いなって、思いました」

高校を卒業して、春休みのあいだ楽器を吹かなかっただけで、なにやら様子がおかしくなる。毎年、春休みはあったのに、まったく部活のない春休みを過ごしたならば、というか、六年間、毎日のようにトロンボーンを吹いていたのに、たった数週間のブランクで、こんなにも下手になるのものかと、我ながら驚いた。

大学で吹奏楽のサークルに所属しても、それまでの練習量とは比べものにならないほど少なくて、どうにかこうにか下手にならずにいるだけで精一杯だった。

が、実際には、じわりじわりと、下手になっていたのだ。

「良い意味で、涼代先輩の音、浮いてました」

音が浮く、それは律も感じていた。

吹部のときには、覇気が無く合奏に埋没するような音しか出せなかった律が、ひとり、パンと突出した音を鳴らしていた。

「涼代先輩のことディスってたOBの先輩たち、あわあわしてて、面白かったです」

山根が思い出し笑いをする。「俺も、先輩のこと、見下してたところがあったから、今日の演奏で、めちゃくちゃ反省しました。すみませんでした」

ちいさくペコリと頭を下げられて、

「や、やや、いや、謝らなくても……」

下手だったのは事実だし。──ただ。

「涼代先輩、本当に、OBバンドには参加してくれないんですか？　俺、先輩の演奏に触発されて、本番まで猛練習するつもりでいたんですけど」

「……うん」

音が浮く。もしくは、音質が合わない。

オーケストラでも吹奏楽でも、合奏に於いて、それはかなり致命的なことである。上手とか下手とか以前に、合奏としてのまとまりを壊してしまう音だからだ。

いつの間にか律の音は、祠堂学園の音と、相容《あいい》れなくなっていた。——母校で馴染《なじ》んでいた音はこんな音だったかな？　の違和感は、正しかったのだ。

ひとりだけ、律の音は、桜ノ宮坂音大の音になっていた。

リハーサルの前に、校医の一ノ瀬から聞かされた話は、

「いつだったか、吹奏楽部の部長がぽろりとこぼして行ったんだが、今年のＯＢバンドは新卒の学年の参加率が低いんだそうだ。大きな顔をする先輩がいるせいで、またみんなと演奏できるせっかくの機会なのに窮屈でたまらないと。——涼代くん、なにか良い知恵はないものかな？」

というもので。

そう訊かれて、ふがいなくも解決策をパッと思いつける律ではなくて、

「リ、リハーサルの、最後、に、言ったけど、や、やっぱり、１ｓｔ、は、山根くんが吹く、べきだ、と、思うし」

律にできたのは、皆の前で山根を１ｓｔに推薦することだけだった。「し、新卒の学年が、い、一番、上手だし」

「——はい」

躓きがちの律の言葉を、山根は真剣な表情でしっかりと聞いていた。

「ま、まだ、間に合う、なら、他の子も、誘ってみて、欲しい、な」

そして、

「わかりました。みんなに声を掛けてみます」

晴れやかに承知してくれた。

駅の改札を出ると、

「律！　こっちこっち！」

ぶんぶんと手を振って、壱伊が出迎えてくれた。

モデルのようにスタイルの良い美少年の壱伊、周囲の視線を一気に集めてしまうのに、本人はまったく頓着《とんちゃく》しない。

当たり前のように律の手を取ると、ぎゅっと握って歩き出す。

「律が戻ってくるの、みんな首を長くして待ってたんだよ」

ここから出掛けたわけではないのに、戻ってくる、と、表現した壱伊。

ああ、ここが僕のホームになったんだ。壱伊と政貴と別所がいる場所が。

「野沢先輩なんか、律の２ｎｄの楽譜、演奏のたびに書き足しに書き足してて、真っ黒になっちゃったよ」

「——真っ黒⁉」

「律に、あのフレーズを吹かせたい、このフレーズも吹かせたいって、どんどん書き込んでいったから」

「……野沢くんが、僕に？」

あのフレーズを吹かせたい、このフレーズも吹かせたい？

「明日は録音スタジオが借りられるから、今日アイデア出ししたものを、片っ端から録音してみることになったんだ」

「え？　もう明日、録音、するの？」

「心配しなくたって大丈夫だよ、律。またどうせ、明日は明日で変わるかもだし。ひとまず、今日の俺たちの成果、確認して？」

壱伊は可愛く小首を傾《かし》げる。

律は、くらりとしつつも、

「う、うん、わかった」

と、頷いた。

その律の頰へ、壱伊が素早くキスをする。

「——⁉」

ぎょっと顔を上げた律へ、

「俺、沼にハマッたかも」

壱伊が顔を近づけてくる。

「……沼？」

「“Tri-ton”、マジで楽しい。ヤバいよ、律」

囁《ささや》くように告白して、「俺、やみつきになりかけてる。ヤバいよな、だって俺、T工大を目指してるのに」

「ちっともヤバくないよ、壱伊くん」

律はふわりと微笑んだ。「T工大じゃなくて、桜ノ宮坂においでよ」

——ずっと言いたくて、言えなかった、思い。

「……え？」

壱伊がきょとんと律を見る。

「僕と一緒に音楽をして欲しいんだ、壱伊くん」

思いを言葉にする勇気。それを、伝える勇気。「僕には、壱伊くんと、壱伊くんの音楽が、必要なんだ」

一歩を踏み出す。——後悔しないために。

「大好きだよ、壱伊くん」

LOVE ME

「いらっしゃいませー」

カウンターから元気な声が上がる。

「店内でお召し上がりですかー？　お持ち帰りですかー？」

アルバイトの女の子たちのマニュアルどおりの接客に、

「食べてく食べてく」

「俺たち腹が減って死にそうなんだ」

屈託のない少年たちの笑い声が重なる。

ユニフォームのミニスカートをひるがえして、カウンターにいたひとりの女の子が厨《ちゅう》房《ぼう》へ駆け込むなり、

「ねえ！　城東《じょうとう》の嵯蔵《さくら》クンたち来てるよ」

ポテトフライヤーの中へ冷凍ポテトをガコガコと入れていた女の子《友人》へ口早に伝え、カウンターへとって返す。

「嵯蔵くん⁉」

こんな所にいる場合ではない。「やーん、どうしよう、ポテトー」

すっぽかして行ってしまいたい！

その場で小さく地団駄踏んでいた彼女は縋《すが》るように周囲を見回す。と、シンクでレタスの水洗いをしている高校生アルバイト仲間の男の子と目が合った。

ラッキー！

という彼女の心の声が聞こえたような気がしたのと同時に、

「水品《みずしな》くん、あと、お願い！」

返事をする間もなく彼女は冷凍ポテトの入ったバスケットをディープフライヤーにざっと沈めて、カウンターへ消えた。

「おい……！」

いくら〝案の定〟の展開でも、行くならせめてタイマーのセットだけでもしていけよ。と突っ込む間もなく、いなくなる。

仕方なくレタスの水洗いを手早く済ませ、水品はフライヤーの前に立つ。

カウンターがやけに華やいでいた。さては本日シフトに入ってる女子高生バイト、カウンター前に全員集合だな。

「嵯蔵、お前、何にする？」

友人の問いかけに、

「コーヒーだけでいいよ」

お決まりの返事と、むっすりした声。

「嵯峨クンってホントにファストフード、食べられないんだ？」

不思議そうにひとりの女の子が訊《き》いた。

「ファストフードどころか、こいつ、ジャンクフード全滅」

「お菓子もダメなの？」

「いつも、なにげに手を出さないよな」

「全滅ってわけじゃない」

「うっかりハンバーガーとか食べちゃうだろ？　そうすると拒否反応で、シンゾー止まりそうになるんだってさ」

「初出場の県大会においてですら、緊張の〝き〟の字もなかったコイツが！」

「心臓に毛が生えてると、あの斉木《さいき》先輩に呆《あき》れられた過去を持つコイツが！」

「なんたって、お育ちの良い嵯峨くんは、嵯峨家お抱えシェフの作る料理以外は食べられないんだよなー？」

「うるせーな」

ムスッと毒づき、嵯峨はチラリとカウンターの奥に目を遣《や》った。

フライヤーの前に立つ水品に気づき、水品の手元のバスケットへ目を移す。

「──ポテト、食おうかな……」

ぼそりとこぼすと、

「ポテトひとつ！」

瞬時に女の子たちが反応した。

「嵯蔵クン、サイズどれにする？」

「──M」

ぼそりと告げる。

「はーい。Mサイズのポテトひとつ！」

「めっずらしー！　どうした嵯蔵」

「監督に絞られ過ぎて、おかしくなっちまったか？」

友人たちのからかいには反論せず、

「水品くん！」

嵯蔵はカウンターへ上半身をぐいと乗り出し、「俺が食べるんだから、おいしく揚げてくれよな！」

聞こえよがしの大声で言った。

「やだー、嵯蔵くんってば、また水品くんにケンカ売ってる」

女の子たちが眉《まゆ》をひそめる。

「顔を合わせるたびにこうだもんな」

やれやれと、友人たちは苦笑いする。

「ま、しょーがねーんじゃねえの？」

ひとりがひょいと肩を竦《すく》めた。

なにせ、第一印象がサイアクだったのだ。


「五番でお待ちのお客様」

声をかけながら、蓋《ふた》をされた紙コップのコーヒーをトレイに載せたアルバイトが、二階への階段を上がって来た。

駅前から一本、通りを外れたこのファストフード店は二階がテーブル席とカウンター席になっていて、基本的にはセルフサービスなものの、注文時に出来上がりが間に合わない品物は店員が席まで運んでくれることになっていた。

「あ、ここ、ここ」

大きなガラス窓に面した横並びのカウンター席、そこに、ずらりと一列に座る数人の学ラン姿の男子高校生たちが、人懐こく手招きする。

彼らを店内の女子高生たちが、こっそりと窺《うかが》っていた。

城東高校バスケット部の精鋭たち。

頭が良いのはもちろんのこと、全員背が高く、スタイルも良くて、なによりハキハキとして明るい。

バスケが強いだけでなくモテるのでも有名で、その中でも城東バスケ部といえば『斉木さん』か『嵯蔵くん』よね、と、ひときわ女の子たちの熱い眼差《まなざ》しを集める嵯蔵が、この一群に交じっていたものだから注目度はいやでも高い。

「そのコーヒー、あいつのだから」

階段から一番遠い奥の生徒を指されて、

「ああ、そうですか」

アルバイトは、だが、その場へポコリと紙コップのコーヒーを置く。

彼らのひとりが胸にある『水品』のネームプレートを素早く読み、

「水品くん、バイト？」

気さくに話しかけた。

「そうです」

「俺らと同い年くらいだろ？　高二？」

「ええ、まあ」

「高校、どこ？」

「そのへんのどこか、とだけ」

「意外と祠堂《しどう》学園だったりして」

「祠堂？」

別の生徒がぷぷっと噴き出し、「ないない。何が似合わないって、〝祠堂〟と〝アルバイト〟ほど似合わないものはないって」

と、断言した。

超（！）お金持ちのお坊《ぼっ》ちゃま高校として知られる私立の男子校、祠堂学園。対して、偏差値の高さは県内随一でも何故《なぜ》か昔ながらの貧乏公立校のイメージが拭《ぬぐ》えない、共学の城東高校。好対照の二校である。

──実際に、入学金も授業料も（寄付金も）それなりに高い祠堂学園は、やはりそれなりの家庭環境の子息が通っているが、城東へ、県内随一の進学校へ子どもを進学させるとなれば、やはりこちらもそれなりの家庭環境でなければ難しい。中学の授業だけで好成績が取れるのならばともかく、学習塾に通わせるにしろ、家庭教師をつけるにしろ、教育にはけっこうなお金がかかるのだ。

「祠堂じゃないとしても、まさか、城東の二年じゃないよな」

「なあ？　校内で見たことないもんな」

透明感のある、すっとした佇《たたず》まいの水品。一目見たら、その際立った容姿を絶対に忘れることはない。

「城東に入れるほど、アタマ良くないですから」

「じゃあ、坂潮《さかしお》商業とか？」

「ご想像にお任せします。階下《した》が混んでるんで——」

適当に誤魔化して水品が去ろうとしたとき、

「そのコーヒー俺のなんだけど、どうして一番遠くへ置いたきりで行くんだよ」

一番奥に座っていた、かの嵯蔵が、楽しげな空気をきれいにぶち壊す、不機嫌丸出しの声音で訊いた。

「すみません、奥まで回してください。失礼します」

「ちょっと待て」

機敏な動作で素早く席から立ち上がった嵯蔵は、水品の腕をむんずと摑《つか》み、「なんだよその態度。お前、サービス業のくせに横柄過ぎないか？」

と睨《にら》みつける。

迫力ある嵯蔵の視線を真っ向から受け止めて、

「ここはセルフサービスが基本ですから」

怯《ひる》みもせず、水品が言い返す。

「そんなことはわかってる。だからって——」

「嫌いなヤツにサービスできるほど、俺、人間ができてないので。すみません」

瞬間、周囲の空気が限りなく絶対零度へ近づいた。

「ふっ、ふざけるな！」

弾《はじ》けるように嵯蔵が声を荒らげた。「初対面の相手に〝嫌いなヤツ〟呼ばわりされる覚えは、俺にはないっ！」

国内で一、二を争う大手医療機器メーカーの社長の息子。貧乏城東のイメージを、みごとに裏切る嵯蔵の実家。

生まれてこのかた食事はすべからく一流で、ジャンクフードなど口に合わない育ちをしており、このファストフード店にも、部活の後で友人たちに無理やり連れて来られるものの、いつもストックに並ぶハンバーガーを訝《いぶか》しげに眺めつつ、（どんなに腹が減っていても）決まって頼むのはホットコーヒーのみ。

バイトの女の子たちの情報は、さすがである。

「ま、ま、嵯蔵、落ち着け、な？」

「誰でも嫌いな人間のひとりやふたり、いるんだからさ」

「それでも水品くんは、わざわざ嵯蔵のコーヒー運んでくれたんだぞ」

寄ってたかって友人たちに宥《なだ》められ、仕方なく水品から手を引いた嵯蔵に、

「横柄なのは、お互い様だろ」

水品はカウンター席に置いたコーヒーを取ると、嵯蔵の鼻先にぐいと突きつけ、「そんなにファストフードが嫌いなら、二度と来るな」

どんがらがっしゃんの、捨てゼリフ。

そう、第一印象は最悪なのだった。


そのくせどうして嵯蔵は、あれから毎日のようにあの店へ行くのであろうか？　いや、確かに、寄ってかないかと毎日のように誘っているのは自分たちだが、それをどうして、アイツは断らないのだろう――？

それは、中間テストが近づいたある日、ツラい試験勉強から現実逃避を試みていたバスケ部仲間のひとりが下校途中、唐突に気づいてしまった〝謎《なぞ》〟であった。

顔を見ればケンカをふっかける。ふっかけられた水品の方も、これまた小憎らしいほど淡々と、受けて立つのである。

あのあと、カウンターにトンと置かれた、なんてこったいの、ビッグサイズのフライドポテト。

「俺はMを頼んだはずだ！」

嵯蔵のクレームを、

「差額は俺が払うから」

冷ややかに遮って、水品はレジの女の子へ不足分の小銭を渡した。

二階の定位置であるカウンター席。

誰かにくれてやったところで（仲間内で食べたとしても）どうせバレやしないのに、席に座ってしばらくポテトを睨みつけていた嵯蔵は、やがて、おもむろに最後の一本まで強引に口に詰め込むと、コーヒーで一気に流し込んだのであった。

「け……、けっこーうまいじゃん」

どんなときにも強がりは忘れない。

だが、額の脂汗が、すべてを物語っているのであった。

――どうもおかしい。

「だよなー？　いくら嵯蔵が筋金入りの意地っ張りでも、水品くんへのこだわり方は尋常じゃないよな」

テスト一週間前からすべての部活動は自粛。授業終了後は、速やかに帰宅しなければならない。

「ヤハリ、嵯蔵をあそこに連れてったのは、失敗だったな」

よもやこんなことになるとは、夢にも思わなかった。

「お前が悪いんだぞ。女の子たちに『嵯蔵クン連れて来てー』とかせがまれて、鼻の下をのばして、引き受けたりするから」

「そうだそうだ。第一そんなことで点数稼ぎしてもだな、どうせ女の子たち、根こそぎ嵯蔵に持ってかれるんだからな」

「ムナシイなあ、俺」

「でもアイツ、そうゆうの、興味ないじゃん」

あんなにモテるのに、この二年、いや正確には城東に入学して一年と二ヵ月、彼女がいたためしがないのである。

中学時代に彼女がいたかどうかは知らない。いないわけがないと、誰も訊いたりしなかった。好きなアイドルの話はするが、アイドルはアイドルであって実際に付き合う彼女ではない。――いや、嵯蔵ならば、あり得なくないかもしれないが、どのみち、今、女っ気がないことに変わりはない。

「それにさ」

トーンをぐっと低くして誰かが続けた。「たとえばな、嵯蔵が敬愛して敬愛して敬愛してやまない斉木先輩が命令したとしてもだな、一口たりとて、アイツはフライドポテトを食べたりしないと思うんだよ、俺は」

「それ！　それだよ！」

「確かに、そうだ！」

「――な？　変だよな、アイツ」

「――おかしいよな、これは」

そう、おかしいのであった。


俺、こんな所で何してんだろ。

嵯峨はぼんやりと空を見上げた。

初夏の青空。澄み渡った清々《すがすが》しい色合いが、誰かのイメージと強く重なる。

今週は部活がないからあの店には行けない。クラスの違う悪友たちは三々五々帰宅してしまい、自分を誘わない。――口実が、ない。

昨日も一昨日も、その前の日曜日も合わせると、もう三日も、アイツの顔を見ていないことになる。

挑みかかるような小生意気な目をした、水品ナントカ。

「……下の名前、知りたいなあ」

どうしてユニフォームのネームプレートには名字しか書かれていないのだろう。どうしてバイト仲間たちは彼を「水品クン」としか呼ばないのだろう。いや、親しげに下の名前を呼ぶ女子を目の当たりにしたならば、お前、水品とどういう関係だ⁉　と詰問してしまうかもしれないが。――そんなこと、絶対に、やったら、ヤバい。

悪友たちがいないので、とはいえひとりで店内に入る勇気はなくて、けれど一目、顔を見たくて、嵯蔵はさっきからずうっと店の裏手をウロウロしていた。

水品のシフトは毎日四時から。

「十分前くらいには、来るのかな」

呟《つぶや》いたとき、自転車の音が近づいてきた。

反射的に物陰に隠れてそっと窺うと、水品が、――祠堂学園の制服を着た水品が、店の裏口脇《わき》に自転車を停《と》めた。

「マジかよ……」

思わず、呟く。

祠堂なのか！　おい！　なんだよ、なんてイヤミなヤツなんだ！

勝手に怒りが湧《わ》いてきた。

無性に腹立たしくなって、

「いい加減にしろよ、おい！」

嵯蔵は水品の前に飛び出していた。

驚きに、水品の目が真ん丸になる。

水品の顔が見られて嬉《うれ》しい。だが、悔しい。

「いきなり、何だよ」

茫然《ぼうぜん》と、水品が問う。

「俺らと同い年なのに部活もしないで毎日のように放課後バイトしてて、エラいヤツだと思っていたが、撤回する！」

「え？」

「祠堂なんじゃないか、お前。小遣いに困ってるわけでもないのに、この就職難のご時世に、どうしてここでバイトしてるんだよ。お前がやらなきゃ、もっと困ってるヤツが代わりにひとり、助かるんじゃないのか？」

「は？　何を言ってるのか、意味がわからないな」

「道楽でバイトしてるのか？　もらってる小遣いだけじゃ足りなくて、遊ぶ金欲しさにバイトしてんのか？」

「俺がどんな理由でバイトしてても、きみには関係ないじゃないか」

関係ない、の一言が、怒りの炎に油を注いだ。

「答えろよ、おい！」

力ずくで胸倉を摑まれて、その手を全身で払いのけながら、

「そうだよ。遊ぶカネのためにバイトしてるんだ。それのどこが悪いんだ？　学校の許可

も取っている。きみに四の五の言われる筋合いはない」

「悪いさ！　どうしてくれるんだ、俺の気持ち！」

「気持ち？」

繰り返されて、嵯蔵はいきなり赤面した。

ところが、赤面するなど、嵯蔵本人ですら想定外の出来事で、

「なっ、なんでもない！」

叫んで、一目散に走り出す。

ずんずんちいさくなってゆく嵯蔵の後ろ姿を茫然と見送って、

「――なんだったんだ、今の……」

気持ち？

水品は嵯蔵のセリフを反芻《はんすう》する。

――俺の気持ちって、なんの？　――なんで？

どんなに考えてもその意味は理解できず、困惑気味に立ち竦んでいると、

「――先週ね、すっごいことがあったのよ」

建物の陰から、ふたり分の足音が近づいてきた。

「あー、知ってる！　それ、嵯蔵クンと水品クンのポテトバトルのことでしょ？」

「そうそう」

「で、どうなったわけ？」

「それがね、前代未聞なのよ。嵯蔵クン、ポテト、全部食べたんですって！　完食！」

「あの嵯蔵クンがポテトを完食⁉　えええ、ウッソー。デマじゃないの？　仲間の皆で食べたに決まって——」

建物の角を曲がるなり、ご対面。

「あ……」

気まずげに、女の子たちがハーイと手を上げる。「えっと。オハヨウ、水品クン」

このファストフード店で働く人たち同士の〝始まりの挨拶《あいさつ》〟は、何時であっても「おはようございます」に統一されていた。

「……おはよう」

水品は短く応《こた》えて、店の裏口のドアを開けた。

事件は突然、起きるのだ。

五日間続いた中間テストが無事に終わった金曜日の夜、バスケ部の連絡網で緊急招集がかかった。

「——祠堂の文化祭に贈るアーチが？」

とあるジンクスで夙《つと》に有名な、毎年六月第三週の金・土・日に催される（翌年から十月の開催となり、多くの生徒に感謝されることになるのだが、さておき）祠堂学園の文化祭に城東高校から贈られている、バラのアーチ。私立の男子校の文化祭に、公立の共学高校から、コストの高い、しかもロマンティックな〝バラのアーチ〟などというものが（女子校に贈るのならともかく）かれこれ何十年も延々と、贈られているのだ。

最初にそれを思いついたのはいったい誰で、どうして現在も続いているのか、も、謎なのだが、今年も今週末に催される祠堂学園の文化祭にバラのアーチが贈られることになっており、ところが、城東生徒会が花屋に予約したはずのアーチが何者かによって勝手にキャンセルされていて、それが文化祭直前のこのタイミングで発覚し、発注し直そうにも当然無理で、両校話し合いの結果、城東生徒会の主導で、当日までに城東の生徒たちの手で作られることになったのだ。

バスケ部の連絡網だが部の活動とは関係なく、生徒会役員でバスケ部の先輩、斉木晴臣《はるおみ》から直々《じきじき》の、嵯蔵へ協力要請の電話であった。

「週末は用事はないです、けど――」

「けど？　なに、嵯蔵？」

やたらと勘の良い斉木が意味ありげに訊き返してくる。

「いえ。はい。大丈夫です。斉木先輩、手伝えます」

「サンキュ。頼りにしてるからな、嵯蔵。じゃ、明日、体育館で待ってるぞ」

電話を切り、嵯蔵は無意識に溜《た》め息《いき》を吐《つ》いた。

祠堂って、あの祠堂だよな。

今となっては、超（！）お坊ちゃま学校の、ではなく、あの〝水品某《なにがし》〟が通っている、祠堂学園。

「馬鹿《ばか》なこと、口走っちまったなあ……」

俺の気持ちがどうでも、俺を嫌ってるあいつには、それこそ関係ないのに。

だが、自分は、気づいてしまった。

こんなにあいつが気になるのも、どんなに素っ気なくあしらわれても、煩わしげに、冷ややかな視線を向けられても顔が見たくなるのは、あいつの心に、その内側へ、入りたいからだ。自分の存在を、あいつに認めてもらいたいからだ。

どんなにフライドポテトが口に合わなくても、食べてからどれほどの拒絶反応に苛《さいな》まれるかオソロシクてならなかったが、あいつが作ったものだから一本たりとて誰にもくれてやりたくなかったし、沢してや、絶対に、捨ててしまいたくなかった。

「つまり、好きってことじゃんか」

答えは簡単。

だが、これが一方的な嵯蔵の片想《かたおも》いだということも、はっきりしていた。

我ながらイヤになる。

「なんだって、初対面で俺を嫌いだと言い切った、しかも、男を、好きにならなきゃならないんだ？」

わかりやすい茨《いばら》の道。何重にも、困難な道。

けれど、どんなに文句をつけたところでこの気持ちは、――水品へのこだわりは、どうにもならない。

こんなに不毛な状態にハマるくらいだったら、そもそも、出会わなければ良かった。

「あんな店、行かなきゃ良かった」

どんなに誘われてもポリシーを曲げず、断り続ければ良かった。あそこで出会わなければ、あいつがあのとき、自分を嫌いだなどと口走らなければ、こんなに――。

ふと、嵯蔵は気づく。

――バラのアーチ？

「そうだ……！」

そうだよ、バラのジンクス！

花盗人に罪はない、を地でいくような奇跡のジンクス。

文化祭最終日に城東から祠堂へ贈られ、設置されるバラのアーチ。そのバラを、誰にも見つからずに盗み、文化祭終了時間までに渡せたならば、それを贈った者と、贈られた者は、しあわせな恋ができるのだ。

最終日の目玉ともされるバラのアーチのジンクスだが、老若男女問わずの競争率はとてつもなく高く、皮肉なことに、バラを狙《ねら》う人々により常に相互チェック状態となり、盗むのは実質〝不可能〟と囁《ささや》かれている。

のだが、

「ジンクスって、俺たちみたいなケースでも、有効なんだろうか」

相手に嫌われていても、バラの魔法はかかるのだろうか――？

「まず中央。アーチのてっぺんから、両脇に向かって、均等になるようバラをくくりつけてゆく」

生徒会副会長でバレー部の新島重起《にいじましげき》が、テキパキと指示を出す。

「嵯蔵、ペンチ取ってくれ」

斉木に頼まれ、しゃがんで道具箱をさぐっていた嵯蔵は、祠堂のメインストリートを陣取ってわらわらとアーチの組み立てをしている自分たち城東の生徒の様子を、興味津々に窺いながら下校してゆく生徒のひとりに、ふと、目を奪われた。

きみたちが何をしていようと、俺は、興味ありません。

という、孤高の雰囲気の、水品。

制服の隅々にまで〝お坊ちゃま〟を漂わせている祠堂生の中でも、いかにもお坊っちゃま然とした、水品。

あの服装で、ここにいる水品は、まるで水面に映る月のようで、その美しさに心を奪われ、どんなに望んでも届きそうで絶対に手の届かない殿上人であるかのような錯覚に、嵯蔵を陥らせる。

水品が何者かは知らないが、彼の姿が嵯蔵を低い方へと追い詰める。嵯蔵を惨めに落ち込ませる。

数名の友人に囲まれながら歩いていた水品が、なにげなくアーチを振り返った。そして嵯蔵と目が合った。

会いたくて、会いたくなかった。

会いたかったが、会わせる顔がなかった。

あんな、一方的に水品を責めるような真似《まね》をして、そのまま逃げるように立ち去った、馬鹿な自分。

だが、あろうことか、先に視線を逸《そ》らしたのは水品の方だった。

「え……？」

――なんで？

嵯蔵はポカンと、口を開けた。

なんでお前が目を逸らすんだよ！

いつだって、どんなときであろうと、──初対面の人間へ「嫌い」などと理不尽に言い放ったときでさえ逸らさなかった視線を、水品が、外した。

「こら嵯蔵、ペンチ！」

軽いげんこつ付きで、斉木が再び催促する。

「ってっ！」

「おやおやおやー？　嵯蔵くんは、だーれに見惚《みと》れてるのかな、どの子かなー？」

「あっ、いや、俺は」

慌てて否定する嵯蔵などおかまいなしに、

「それにしても、お坊ちゃんの典型ばかり、よく集めたなあ」

斉木はマイペースに続ける。「それとも、あの取り澄ましたブレザーの制服のせいで、一般人でさえもそう見えちまうのかな」

「え？　一般人でも入れるんですか？」

嵯蔵の素朴な疑問に、

「入れるに決まってるだろ」

斉木はぷぷっと噴き出して、「そういう、たまに飛び出す世間知らずなところが、ザ・

御曹司って感じだよなあ、嵯蔵は」

　ケラケラと笑った。

「……世間知らずって、そんなことありません」

　不服そうな嵯蔵へ、

「もしくは天然？」

　斉木はかまわず笑って、「試験に受かって、入学金と授業料と寄付金さえ納められれば、大企業の社長令息しか入学できませんなんて言うわけないだろ」

「祠堂って、お坊ちゃん学校って、昔からずーっと呼ばれてたから」

「実際、お坊ちゃんは多いだろうけど、さ」

　斉木はふと、「現に、ホラ、あの子、ちょっと茶髪の、今、ともだちに頭をぐりぐりされた――」

　嵯蔵は、斉木が示す先を見てドキリとした。

　生徒たちの中に見つけてからずっと、視線を逸らされてもずっと、目の端で捉《とら》えていた水品。楽しげにふざけている彼らに、「俺の水品に気安く触るんじゃない！」と、心の中で怒鳴りつけていたところだったのだ。

「うちの近くの団地の子なんだけどさ、ひとり息子でデキが良いからって、父親が頑張って祠堂に進学させたんだよ」

「──は？」

え？　団地？　団地って、なに？　頑張って、って、なに？

情報が処理しきれなくて脳がバグる。

水品、どこぞの深窓の令息ではなかったのか？

「あ、あれ？　でも、斉木先輩、デキが良いなら、祠堂じゃなくて、城東に進学させれば良かったんじゃないんですか？」

そしたら同じ学校で学べたのに。

「だよなあ、普通はそう考えるよなあ。ま、城東のステイタスと祠堂のステイタスは種類が違うから、──って、おい嵯蔵、お前、あの子、知ってるんじゃないのか？」

「えっ⁉」

ドキドキドキッ！

幸いにも、今の会話は、バスケ部の悪友たちには聞かれていなかったので、

「いや、知らないっす」

シラを切った。

「あの子、水品クンっていうんだけどさ、父親は、嵯蔵ン父親の会社の、営業やってるはずだぜ」

え……？

「えーーっ!!」

「サクラ電子工業って、お前んちの会社だろ?」

「そ、そうですけど」

「尤《もっと》も、ヒラの営業じゃ、嵯蔵が知ってるわけないか」

営業課長、とかならともかくな。

続けた斉木のセリフなど、もう、耳に入っていなかった。

なんてこった!

サクラ電子工業の営業、決して薄給ではないが、祠堂の学費が楽勝の収入かと問われたら、かなり厳しいとしか言えない。一営業マンの稼ぎで息子を祠堂に入れた親も親だが、それでは生活にゆとりなんか、あるわけがない。

『そうだよ。遊ぶカネのためにバイトしてるんだ。それのどこが悪いんだ? 学校の許可も取っている。きみに四の五の言われる筋合いはない』

「……つまり、自分の小遣い、自分で全額工面してたってことか?」

小遣いゼロの高校生? 水品が?

「どうした、嵯蔵?」

「いえ。……あの、斉木先輩、月に、小遣いいくらもらってます?」

「あー? 俺は放蕩《ほうとう》息子だから、毎月数万単位だな」

「俺も、似たようなもんです」

定額の小遣い以外に、その都度、親からもらっている。

そんな自分を棚に上げて、なんてこと、言っちまったんだろう……。

ダメモトでも、せめてちゃんと謝罪しよう。

決意して、文化祭最終日に祠堂を訪れた嵯蔵は、手の中のバラの蕾《つぼみ》をチラリと確認してから、ジャケット代わりのオーバーシャツのポケットに、そっと滑らせた。

鼓動が、速い。

心臓がどきどき、どきどき、早鐘のように打っていた。

奇跡というか偶然というか――。

豪華で美しいバラのアーチを見物に来る人や、ジンクスを狙ってたむろする人、嵯蔵が予想していた以上にたくさんの人々が群がるアーチの、これほど多くの監視（?）の目をくぐってどうやってバラを盗めばよいのか。

「マジで、不可能じゃん……」

絶望的な心持ちでアーチを見上げていた嵯蔵に、急ぎ足の青年がぶつかってきた。嵯蔵はバランスを崩し倒れそうになり、咄嗟《とっさ》にアーチに掴《つか》まった。

「ごめんな！　悪い！　急いでて！」

謝まりながら、バス停に向かって一目散に走ってゆく。

ぶつかられたのは災難だったが、アーチに摑まった嵯蔵の手の中で、ポロリと蕾が萼《がく》から折れた。

すぐに体勢を立て直し、平静を装いつつ嵯蔵はアーチから素早く離れた。ぎゅっと手を握りしめたまま、数メートルほど離れた人気のない場所へ。

はやる鼓動を抑えつつ恐る恐る手の中を確認すると、赤いバラのちいさな蕾がころんと横たわっていた。

「……奇跡だ」

嵯蔵はもう一度蕾を握りしめると、校舎を振り仰いだ。

ここの、どこかに、水品がいる。

「ああ水品？　水品はクラブ活動してないから、クラスの出し物に協力してるはずだよ。B組は、プラネタリウムだったかな」

仕入れた情報を頼りに二年生の教室を巡る。――水品が珍しい名字で良かった。水品なに？　と、下の名前を訊き返されたら、返事ができない。しかも祠堂学園高校は敷地内の中等部から持ち上がりなので、生徒同士の情報が行き届いている。最初に声をかけた生徒が一発で居場所を教えてくれた。

文化祭が終わるまでに会えないと、せっかくのバラが無効になる。

「頼む、いてくれよ」

祈りながら、暗幕の張られた二年B組のプラネタリウムの入り口をくぐる。『ギリシャ神話と春の星座』を上映中の教室内は真っ暗で、誰が誰やらまったくわからなかった。

ここで捜すのは無理だ。

「スタッフ捕まえた方が、話が早いな」

嵯蔵は方針転換した。

教室後方の「関係者以外出入禁止」と書かれた引き戸をそっと開け、一番近くにいた、祠堂の制服姿の人影へ、ナレーションを邪魔しないよう、ちいさな声で、

「すみません、水品くん、いませんか?」

と尋ねると、振り返った人影は、廊下から射《さ》し込む明かりに浮かび上がったその顔は、水品本人だった。

水品は不思議そうに、嵯蔵を見る。

あどけないその表情に、クラリときた。

「その……、話が、あるんだ」

水品はチラリと背後にある機材を振り返ると、

「今は、駄目だ」

素っ気なく応える。

「わかってる。待ってるから、廊下で」

告げて、嵯蔵は静かに引き戸を閉めた。

水品に会えた！

「凄《すご》い、奇跡の連続だ」

ホッとして、張り詰めていた緊張の糸が緩んだのか、脱力のあまり、嵯蔵はそのまま廊下にへたりこんでしまった。

通行の邪魔にならないよう壁に背を当て、膝《ひざ》を引き寄せる。

そして、ひとつ目の奇跡に触れようと、触れて、気持ちを鼓舞しようとシャツのポケットに手を入れかけたとき、ガラリと引き戸が開いて水品が出てきた。

「十五分の休憩をもらった。話ってなんだ」

「あ……、ここだと、ちょっと……」

廊下はさすがに人通りが多過ぎる。

「わかった」

頷《うなず》くなり、水品が歩き出す。

どこへ向かうのかわからぬまま、慌てて後を追う嵯蔵は、

「良ければ、お茶、飲まないか？」

足早にゆく水品の背中に問いかけた。

「生憎《あいにく》と、いくら祠堂でも、嵯蔵家の一流シェフが淹《い》れるようなコーヒーも紅茶も、提供できない」

「別に、缶コーヒーでも午後ティーでも、って、じゃなくて……」

言葉に詰まり、足も止まってしまった嵯蔵へ、水品も歩を止めて、

「……ごめん。意地悪言ったね」

俯《うつむ》く嵯蔵に、そっと謝る。

「――好きなんだ」

嵯蔵が言った。

「……え？」

「嫌われてても、俺は、水品が好きなんだ」

俯いたまま、嵯蔵は告白する。「世間知らずで、思い込みが激しくて、どうしようもないヤツだと自分でわかってるけど、好きなんだ。多分、初めて会ったときから」

嫌いだと宣告された、あの瞬間から。

「嘘《うそ》つき」

軽く言われて、嵯蔵はギョッとし、顔を上げた。

「嘘なんかついてないって。ホントに好――」

「初めて会ったとき、俺になんて言った?」

「いや、コーヒーの運び方に文句はつけたけど、あれは——」

「そんなモンもらって、喜んでんじゃねーよ」

「——はい?」

「そう言っただろ、俺に」

「言ってない」

「言ったんだよ」

断言されて、嵯蔵はハッと息を呑《の》む。

「——もしかして、それって……」

数年前どこかの大宴会場を借りて催された、社員の家族も招いての創立記念パーティーでのことか?

テーブルにどっさり盛りつけられたクッキーやチョコレートやキャンディーなどを、女子社員がラッピング袋に入れて社員の子どもたちに配っていた。

お菓子には目のない子どものこと、しかも、かなりつましく暮らしている平社員の家庭では、こんなにたくさんのバラエティに富んだ色とりどりのお菓子が一挙に登場することなど、滅多になかっただろう。

「ありがとう!」

全身から溢《あふ》れんばかりに喜んでお菓子の袋を受け取る子どもたち。ちょうど水品が受け取ったタイミングで、どこから現れたのか、明らかに飛び抜けて身なりの良いひとりの男の子が、高飛車に言い放ったのだ。

「そんなモンもらって、喜んでんじゃねーよ」

――ああ。

「覚えてないが、俺だったら、そういうこと、言ってる、多分」

なんてことだ。

『嫌いなヤツにサービスできるほど、俺、人間ができてないので――』

そりゃ嫌われるだろう。

嫌われて、当然だ。

「俺がなにを言ったか覚えてないが、でも、その男の子だったら、覚えてるぞ」

大人たちの社交辞令に巻き込まれた退屈なパーティー、だが勝手に帰るわけにもいかなくて、どうにも気持ちを持て余していたときに不意に目に飛び込んできた綺麗《きれい》な笑顔。あんまり幸せそうに、眩《まぶ》しいほどに笑うから、つい、意地悪したくなったのだ。あの笑顔が自分に向けられていなかったのが、理由もなく腹立たしかったのだ。

「いつか、同じことを言ってやろうと思ってた」

「水品……」

「俺が傷ついた分だけ、傷つけてやりたかった」

なのに幼い日に不用意に受けた心の傷が、今、甘い痛みに変わろうとしていた。

「そうか、そうだよな、参ったな……」

因果応報、しでかしていたのは自分だった。けれど容易《たやす》く諦《あきら》められるわけがない。気づいてしまった恋心を、そう簡単に、なかったことにはできないのだ。

嵯蔵はシャツのポケットに手を入れて、

「水品、断られても仕方ないけど、玉砕覚悟で、これ、――アレ？」

ない！

反対側のポケットにも、パンツのポケットにも、どこにもバラの蕾がない。

みるみる青褪《あおざ》めた嵯蔵へ、

「どうしたんだい？」

さすがに心配になって、水品が訊いた。

「いや、信じてもらえないだろうが、バラを、盗めたんだ。水品に渡したくて――」

『嘘つき』

ああ、また、疑われてしまう。

「ごめん。ははは、無理だよな、現物がないのに、信じてもらえっこないよな」

「俺に？　バラを？」

「ったく、みっともないな。貢ぎ物もなしに、告白もないよな」

「どこかに……、落としたのか？」

「ポケットに穴は空いてないし、途中で落としたとも考えにくいから、多分、ポケットにしまうときに入れ損なったんだ」

だとしたら、落としたのはアーチから少し離れたあの場所で、あのとき人気はなかったが、人通りがまったくないわけではなく、「もう、誰かに拾われちゃってるな……」

バラの蕾が地面に落ちていたら、しかも、あんなにアーチのそばで。

なんてマヌケなんだ。

「──探しに行く？」

「水品……？」

「行こうよ、探しに」

水品は嵯蔵のシャツの腕をくいと引く。

どうせ、捨てるか、人にあげるか、するに違いないと決めつけていたフライドポテト。わざとMサイズを大盛りにして、嫌みを嫌みで返したつもりだったのだ。──いったい、どんな無理をして食べ切ったのだろう。どんな気持ちで、食べ切ったのだろう。

だからもう嵯蔵の気持ちを、──告白を疑うなんて、できやしない。バラのことも、信じていた。

「探しにって、俺と？　水品？」

　——俺と？

「そうだよ」

　水品が微笑《ほほえ》んだ。「もしかしたら、まだ誰にも見つからず、落ちているかもしれないじゃないか」

　あのときの笑顔より、もっと、ずっと、綺麗な笑顔で、嵯蔵を励ましてくれた。

「み、水品、もしバラが見つかったら、受け取ってくれるか？」

「見つかったらね」

　水品が笑う。からかい混じりに。

「よし！　急ぐぞ！」

　嵯蔵の腕を引いた水品の腕を、今度は嵯蔵が引く。

　バラなんか見つからなくても成就してしまいそうなジンクス。——こんな気持ちになるなんて。同性を好きになるなんて、想像すらしていなかった。

　水品は、ぐいぐいと自分の腕を引き懸命にアーチへ急ぐ嵯蔵の手から、自分とは比べ物にならないスポーツマンの握力に負けじと、力を込めて腕を引き抜いた。

　瞬間、ギクリと立ち止まり、

「み、ずしな……？」

不安げに振り返った嵯蔵へ、

「加減ってものを知らないんだな。そんなに強く摑んだら、痛くてしようがない」

改めて、手を差し出す。「優しくしろよ」

「わかった。ごめん、優しくする」

嵯蔵は水品の手を握る。優しく、けれどしっかりと手を繫《つな》ぎ、そうしてふたりでアーチへ走った。


「あんなところに宝物が落ちてるぞ」

周囲を見回すが、誰もがアーチに集中していて、絶世の美男子がここに立っていることにさえ気づいていない。

ま、いいか。と肩を竦めて通り過ぎようとした時、気の毒な男の顔が脳裏に浮かんだ。

「良いことを思いついた。新島にこっそりくれてやろう」

すっと蕾を拾いあげ、ジャケットのポケットに転がすと、「これで、ジンクスの効き目のほどもわかるぞ」

一石二鳥と、ほくそ笑む。

斉木は、嵯蔵の落としたバラを、そうと知らず、着服したのであった。

天性のジゴロ

「ねえ、こんなふうに会うの、今日で終わりにしたいんだけど」

さあいよいよという時に、熱く弾む息とは裏腹な冷めたトーンで、女が言った。

ベッドに横たわる女の上で腰を進めようとしていた斉木《さいき》晴臣《はるおみ》は、

「なに、突然」

整った輪郭を柔らかく崩して、「いいけど、それ、明日からだよね?」

口唇《くちびる》を寄せる。

イイケド。

「そうよ、明日から」

女は溜《た》め息《いき》混じりに繰り返すと、「……もう」

憎らしげに斉木の背中へ腕を回した。

もう、ホントに、しようがない子ね。

本当に、しようがない。

「――なあんか、いつも本気じゃないって言うか、なんて言うか」

女の子たちの溜め息の原因は、いつも、そこだ。

斉木晴臣。異常に整ったルックスと、艶《あで》やかな微笑《ほほえ》みに、一瞬にしてやられてしまう婦女子の数知れず。だが彼は、来る者を拒まず、去る者を追わない。

それはつまり、

「好きかと訊《き》けば、好きだと答えてくれるんだけど」

でもきっと、〝嫌いじゃない〟程度の〝好き〟なのだ。

わかっているから、察してしまえるから、食い下がれない。

他の誰より自分を見て欲しいけれど、そんな日が訪れることは決してない〝感じ〟がして、そしてそれは気のせいでも誤解でもなくて、それでもそばにいたいのにやっぱりだんだん辛《つら》くなり、彼女たちは彼からそっと離れてゆくのだ。

斉木のことが、大好きだから。

これ以上、傷つきたくないから。

つまり――。

――好かれることはあっても、彼が誰かを好きになることは、ないってこと。

中間テスト明けの連休に、バラのアーチ作りのために近隣を奔走し、赤いバラを根こそぎ掻《か》き集める。テスト休みの期間は部活も休みなので、使われていない体育館の二階へ運ぶ。そこが本番までのバラの待機場所（？）となっていた。

学校から許可を取り特別に貸してもらった体育館の床に傷をつけないようブルーシートを敷き、その上に、各クラスから拝借したバケツをずらりと並べた。バケツにはたっぷりと水が張られている。

「はあー？」

手近なバケツへ買ってきた数本のバラを挿しながら、「なんだってあいつら、選《よ》りにも選って、新島《にいじま》に愚痴りに行くかな」

取っ付きにくそうなシャープなルックスをしているが、高三ともなると、どんな話でも聞いてくれる優しい性格の持ち主と、校内の女子たちにバレている新島重起《しげき》。しかも、斉木と同じ生徒会役員であるだけでなく、もともと友だちとして仲が良い。

だが、どうひいき目に見ても色恋に経験豊富とは見えない新島。実際、疎い。そもそもイロゴトに精通している高校生がいたらコワイのだが、さておき、愚痴をこぼす相手として適当かどうかは、甚だ疑問だ。

「余計なお世話かもしれないが、斉木、いい加減にしないと、そのうち刺されるぞ」

新島が本気で心配する。

「それもいいかも、勲章っぽくて」

傷は男の勲章というし。

「うっとりしてんなよ、――ったく」

呆《あき》れる新島へ、

「心配されたり呆れられたり、嬉《うれ》しいなあ。新島、俺に、愛、だよねえ」

斉木はどこまでも食えない。「俺、美形に生まれて良かったなあ」

「ちがうわ、ぼけ」

愛とかわかりやすい冗談でも、斉木の口から出ると、そんな気などない新島でさえドキリとする。人を惑わすフェロモンがだだ漏れている、どこまでも罪作りなヤツなのだ、斉木晴臣という男は。

来る者を拒まず去る者を追わないのに、常に複数の女性の影がある。

そして何股《なんまた》していようとも、彼女たちは斉木を責めない。全部承知で、彼女たちは斉木のそばにいるからだ。斉木に恋をしているのだ。

「わかってるって」

斉木はけらけらっと笑い、「美形は美形でも新島の好みはこう、清潔で、しゅっとした感じだもんな。――祠堂《しどう》の竹内《たけうち》みたいな」

「ばっ、ばかなこと言ってんなっ！　た、竹内は男だろっ！」

「俺だって男だよ」

「まぜっ返すな、てか、斉木は関係ないだろ。なに、俺が斉木を好きみたいな前提で話してるんだよ」

「なら嫌いか？」

「き……、嫌いなわけないだろ」

「じゃあ、好きじゃん」

「——斉木！」

「悪い悪い。心配してくれるのはありがたいけど、俺は人生に正直なだけだよ。それより俺は、新島こそ心配だなあ。いい加減、自分に正直にならないと後悔するぜ」

「なんのことだよ。俺は、自分に嘘《うそ》なんか——」

「ふうん、そうか？」

竹内のピンチを救うために、アーチは自分たちが作る！　と啖呵《たんか》を切ったのはどこのどなたでしたかな？

「ま、いいか。それより、祠堂に贈るアーチ作り頑張ろうな、リーダー！」

斉木は笑い、新島の背中をぱしんと叩《たた》いて勢いをつけた。


今年もバラのアーチは大盛況であった。

年に一度しかチャンスのないレアな御利益《ごりやく》に与《あずか》ろうと、主催の祠堂学園高等学校の生徒たちはもとより、他校の男子高生に混じり、(何故《なぜ》かというより昨今では、やはりというべきなのか)近隣の女子高生たちまで群がって大変な盛り上がりである。

〝花盗人に罪はない〟を地でゆくような不思議なジンクスを持つアーチ。三日間開催される祠堂学園の文化祭の三日目(日曜日)に登場するアーチには、誰にも見られずに盗んだバラを、想《おも》いを寄せる人に(文化祭終了までに)手渡すことができたなら、しあわせな恋ができる、というジンクスがあり、——恋にもいろいろある。辛い恋も悲しい恋も惨《むご》い恋もある。ただ恋ができればいいというものではない——つまり、これぞ〝奇跡の恋〟を招くバラのアーチなのだった。

人の出入りが最高潮となるお昼どき、バラのアーチを毎年セレモニーとして祠堂学園へ贈っている城東《じょうとう》高校の(正確には、学校から学校へ、ではなく、城東高校生徒会から祠堂学園生徒会へ、贈られているものである)生徒会長の大塚近夫《おおつかちかお》は、

「……苦労した甲斐《かい》があったというものだ」

娘を嫁がせる父親よろしく、感慨に耽《ふけ》った。

なにせ今年のアーチは直前でとんでもない災難と苦労に見舞われて、だが、城東高校生徒会および城東生有志が一丸となって見事(!)困難を乗り越えたのである。大袈裟《おおげさ》でなく感慨もひとしおというものだ。

「だが、ああも人が多いと、とてもじゃないが、誰にも知られずに盗み取るってわけには

いかないな、可哀想《かわいそう》に」

生徒会役員のひとりである斉木晴臣は、「なあ大塚、もし盗んだところを誰かに見られたら、やっぱりバラの魔力は消えてなくなるのかね」

と訊いた。

「ジンクスとしては、そういうことだな」

「どこもかしこも人の目だらけで、実質、そんなの不可能だろ。毎年こんなで、よく今までジンクスが続いてきたもんだ。というかそもそも実績があるのか？」

「盗みに成功した奴《やつ》がいたかってことか？」

「それと、経過報告の有無」

「はて、そこまで具体的に突っ込まれても、なあ。ジンクスってのはふわっとしてるし、インチキだと訴えた奴もいないんだから、まあ、そういうことなんじゃないか？」

大塚は、それこそふわっと応《こた》えた。

「ふうん……」

納得しているのかしていないのか、こちらもふわっとしている斉木へ、

「この状況で、誰にも見られずバラを盗み出せたとしたら、その時点で充分、幸運に値する出来事だと思わないか？」

大塚が面白そうに言う。

自分が盗むところは見られたくないが他人の動きは目敏《めざと》くチェックしてしまう、という人間心理。そこにいるのは皆〝お仲間〟なのだから、暗黙のうちに協力しても良さそうなものだがそうはならない、という不思議。——もしかしたら皆、バラの魔力を本当に信じているのかもしれない。ズルをしたら叶《かな》わないと、遊び感覚で参加していても、心のどこかで〝奇跡の恋〟を、本当に信じているのかもしれない。

「つまりさ、盗めた奴ってのはとんでもなくラッキーで、そんな運の良い奴の恋のひとつや二つが叶ったところで、むしろあたりまえかもしれないよな」

自説を展開する大塚へ、

「ほう、それは面白い説だ」

斉木は、さすが大塚は学年トップの成績保持者だけあるなと感心して見せてから、「そんなに運の良い人間ならば、（そもそも）バラのジンクスに頼らなくても恋人の三人や四人はいそうだな」

と付け加えた。

「！　お前なあ……！」

大塚論の根底をさらりと覆した斉木へ、わざわざ話を混乱させるんじゃない！　的を射ているだけに返事に困るじゃないか！　と、大塚が続けようとした矢先、

「あ、和也《かずや》くんだ」

斉木が、アーチの向こうに現れた由宇《ゆう》和也を目敏く見つけた。祠堂学園の生徒である和也は、大塚の親友で同じ城東生の由宇正博《まさひろ》の弟だ。

途端に目の前から消えた大塚の、その行動の素早さに、

「ははーん」

と斉木は頷《うなず》いた。斉木と大塚がここで会ったのは単なる偶然だが、和也がここに現れたのは偶然ではないらしい。そう、大いなる必然というやつだ。

別名、待ち合わせ。

「ふむふむ、大塚はラッキーな人生を歩いていると見た」

バラのジンクスなんかに頼らずとも、可愛《かわい》らしい恋人を得たらしい。「しかも親友の弟となれば、なにかと親友が協力してくれるだろうし。なんと、めでたい」

正博が反対していたならば協力どころかかなりの障壁になってしまうが、そんな様子は見られなかった。大塚は、親友とも恋人とも良好な関係を構築している、これをラッキーと言わずしてなんと言う。

斉木には、大塚の恋人が男の子であることに頓着《とんちゃく》はない。相手がどこの誰であろうと、性別も立場も関係なく、好きは好き、嫌いは嫌い、それだけでいいと思っている。実にシンプルな恋愛観の持ち主で、モラルの基準が世間とズレていると他者から指摘を受けようとも、自分に正直に生きるのが斉木晴臣という人間なのだった。

大塚がいそいそと和也と連れ立って行ってしまったので、遊び相手がいなくなってしまった。――ひとりは退屈。

「んじゃま、女の子でも誘うとしますか」

退屈は嫌い。たくさんの女友達とつきあうのはとても楽しい。だが、「ジンクスに頼ってまで〝恋人〟なんか欲しいものかね」

特定のひとりなんて、煩わしい以外のなにものでもないのに。

束縛されるのはごめんだ。束縛するのも面倒くさい。義務感に縛られることなく、男であろうと女であろうと、会いたい時に会いたい人に会えばいい。

蜜《みつ》に群がる蜂《はち》か蟻《あり》のようにアーチにたかっている、(斉木には)理解不能な人だかりを尻目《しりめ》に、特段の当てもなく歩き出す。

と、数歩も進まないうちに、それが目に留まった。

地面に赤いものが落ちている。

よく見なくても、それがバラの蕾《つぼみ》だとわかってしまった。

「あんなところに宝物が落ちてるぞ」

周囲を見回すが、誰もがアーチに集中していて、絶世の美男子がここに立っていることにさえ気づいていない。

ま、いいか。と肩を竦《すく》めて通り過ぎようとした時、気の毒な男の顔が脳裏に浮かんだ。

「良いことを思いついた。新島にこっそりくれてやろう」

斉木は、自分が恋人を作ることには興味はないが、わざわざ欲しがるのもどうかと思うが、大塚の恋の成就を喜ぶ友情は持ち合わせているし、気の毒な新島重起のことも斉木なりに心配であった。

新島重起が思いを寄せる、祠堂学園生徒会長の竹内均《ひとし》。祠堂の〝聖域〟と呼ばれ、二年生でありながら生徒たちの圧倒的な支持のもと前期の生徒会長に選ばれた（通常、前期は三年生が生徒会長に選ばれるものだ。大塚も、役員である新島も斉木も三年生である）、のほほんとした祠堂生らしからぬ飛び抜けたカリスマ的リーダーシップを持つ、有能で優秀な、クールビューティーである。

その新島と、竹内は、世に〝両片思い〟という胸キュンな単語もあるけれども、要するに、相思相愛のくせにちっとも進展しないじれったいカップルだ。色恋沙汰《ざた》の機微に聡《さと》い斉木には、そう見えていた。

じれったい二人に必要なのは〝きっかけ〟だ。

病は気からというが、恋だって似たようなものである。肝は、相手を〝感動〟させること。自分の為《ため》にここまでしてくれるなんて！　と相手が感動したら、勝負は決まったようなものだ。

入手経緯なんか、言わずにおけばどうせわかりっこないのだから、勝手に感動させておけばいい。経緯はどうでも、ジンクスの魔力に助けてもらわずとも、〝バラの魔力〟があればいい。

現物が相手に渡ること。その絶対的な説得力。それで麗しの竹内会長とうまくいけば、それこそ、アーチで散々苦労した甲斐もあろうというものだ。な、新島？

斉木はスマートな仕草ですっと蕾を拾いあげ、ジャケットのポケットに転がすと、

「これで、ジンクスの効き目のほどもわかるぞ」

一石二鳥と、ほくそ笑む。――自分が楽しむことも忘れていないのである。

各クラスの催事で賑《にぎ》わう校舎の廊下を、あちらこちらと冷やかしながら歩いていた斉木は、驚きのあまりぴたりと足を止めた。――あそこにいるの、新島じゃんか。

高校の施設とはとても思えない全面ガラス張りで趣のある喫茶室、景色の良い窓際の特等席で、重起がアイスコーヒーを挟んで竹内と楽しそうに喋《しゃべ》っていた。

――おやおやおや？　良い雰囲気じゃありませんか、重起くん？

斉木は、にやついてしまう。

「混《こ》んでるわね、どうする？」

ほんの十分ほど前にナンパしたロングヘアーの可愛い女の子が、斉木とは別の意味で足

を止める。

順番待ちの行列で入り口が見えないほど混雑している喫茶室、こんなに混んでいては、いや、いなくても、

「やめとこう。お茶なら別に、祠堂で飲まなくてもいいんだし」

待つのが嫌いな斉木は即答する。

文化祭を楽しむより、目の前の斉木を選んだか、

「そうよね」

女の子はニッコリ微笑んで、同意した。

祠堂でお茶できそうなところは他にはない。ペットボトルの飲料を飲みながらぶらぶらしたいわけではない。座って、落ち着いて、この可愛い女の子と、雰囲気の良いティータイムを楽しみたいのだ。

ということで外へ。——にしても、なあんだ新島め、ちゃっかりモノにしてるんじゃないか。やれやれ、心配して損したぜ。

斉木は、ジャケットのポケットにしのばせておいたバラの蕾を取り出すと、

「こんなもの、用がなくなりゃただのゴミ」

どこかにゴミ箱はないだろうかと周囲を窺《うかが》った。

すると廊下の前方から、意気消沈してやけに項垂《うなだ》れた祠堂生と、彼の肩をポンポンと叩

きながら慰めている祠堂生が、とぼとぼとやってきた。

「そうガッカリすんなって、な、橋本《はしもと》。バラなんかなくったって、うまくいく時はいくんだからさ」

「バカ言えよ、相手はあの由乃《よしの》ちゃんだぜ、うちのクラスだけでライバルが六人もいるんだぜ、ジンクスなしでうまくいくなんて、宝クジで一等が当たるより確率低いぞ」

「いや、そこまで低くはないだろ。——っ、睨《にら》むなよ。でもホラ、橋本には分があるじゃないか。世間話くらいはする仲だって、前に言ってただろ」

「由乃ちゃんは育ちが良いからな、〝お兄様のお友達〟とは、誰であっても公平にお話ししてくださるんだよ！」

祠堂生ご自慢の生徒会長で、橋本高文《たかふみ》の親友（断じて自称ではない！）竹内均の妹の、竹内由乃。私立のお嬢様高校（女子校だ）に通う、天使のような少女である。「あーっ、朝から三度挑戦して三度とも玉砕だ！　いい加減、諦《あきら》めたくもなるよなあー」

——へええ、そうなのか。

斉木は、この祠堂生が俄然《がぜん》気の毒になった。

「アヤカちゃん、悪いけど先に行って、正門で待っててくれないかな」

「いいけど、どうして？」

「ヤボ用」

斉木がトイレを指さすと、アヤカちゃんは恥ずかしそうに笑って、

「わかったわ。なるべく早くきてね」

バイバイと手を振った。――可愛い。

かの二人組とすれ違いざま、

「やあ、ハシモトくん！」

斉木は橋本の肩をトントンと叩いた。

「え⁉」

突然名前を呼ばれ肩まで叩かれ、びっくりして斉木を見上げる橋本へ、

「久しぶりだね、元気だったかい？　なんだかまた背が伸びたみたいじゃないか。やっぱり成長期なんだねえ」

たたみかけるようにセリフを飛ばす。

橋本は、わけがわからず目をパチクリさせていた。

友人はといえば、長く伸ばした髪を後ろでひとつにまとめ（それだけで、一般人にはない迫力がある）、彫《ほ》りが深くて目鼻立ちのはっきりした、日本人離れした斉木のゴージャスな容貌《ようぼう》にすっかり度肝を抜かれて、

「じゃ橋本、俺、用事があるから」

そそくさと立ち去る。

その逃げ足の速さににやにやと笑い、

「きみの友人は薄情者だねぇ」

からかう斉木へ、

「なんだよ、あんた。初対面の人間を摑まえて、その言いグサは失礼だろ」

橋本は睨みつける。

「おや」

負けずに言い返した橋本に、斉木も目をパチクリとさせた。

「〝おや〟じゃない。初対面では〝初めまして〟と挨拶《あいさつ》するんだ、小学校で習わなかったのか」

バラを盗む甲斐性《かいしょう》もなくガックリと項垂れていたハシモトくんは、別人のような強気で説教をする。

――こいつ面白い。初対面で、俺にこれっぽっちもビビらないなんて。

「さっきのは、きみと二人きりになる為の手段だったんだ」

しかしながら、説教されたくらいで反省するような殊勝な斉木ではないのだ。「これをきみにあげたくてね」

握っていた手のひらを開く。

「あ……！」

橋本の目が、小さな赤い蕾に釘《くぎ》づけになった。

「不器用な友人の恋の成就を願ってこっそり入手したんだが、幸いなことに不要となってね。俺にも必要ないから捨てるつもりでいたら、ひょっこりときみの三回連続チャレンジ失敗の話が耳に飛び込んできたのさ。それで、つい、同情を」

斉木のセリフに嘘は感じられなかった。だが、

「さ、三回連続チャレンジ失敗とか失礼だな！」

自分で言うのはいいが、他人から言われると腹が立つ。「ってか、他人の会話を盗み聞きするなんて躾《しつけ》がなってないぜ。だいいち、これが本物とは限らないじゃんか」

「本物さ。例年と違って、今年はこのあたりの花屋で赤バラを買うのは不可能なんだよ」

アーチ製作の為に、自分たち城東生が根こそぎ買い漁《あさ》ってしまったのだから。

「確かに。……なら、本物か」

納得したものの、固唾《かたず》を呑《の》んで蕾を凝視したまま、まだ迷っている様子の橋本へ、

「欲しくないのかい？　なら、ゴミ箱にでも捨てようっと」

斉木が周囲にゴミ箱を探す振りをすると、

「──ほ、欲しくないなんて、言ってないぜ！」

また、キッと斉木を睨む。

この気の強さ。──楽しいなあ、この子。

「だったら決まりだ」

斉木は橋本の手に強引にバラを握らせると、

「その代わり、絶対にヨシノちゃんには内緒にしておけよ。これは俺とハシモトくんの、二人だけの秘密だからな」

と、艶《つや》っぽくウインクした。

——コイツ、彼女の名前まで聞いてやがった！

ムッとしつつも、

「わ、わかったぜ」

ここは素直に頷いておくことにする。……ああ、それにしても、よもやこんな形で幸運が転がり込んでくるとは。

橋本は蕾をそっと握ると、

「感謝するぜ、斉木さん」

「どういたしまして。これでこっちも一段落だ。じゃあな、頑張れよ」

斉木は清々《すがすが》しい気分でアヤカちゃんとの待ち合わせ場所へ向かう。女の子を待たせるのは趣味ではないので、小走りで。

しばらく走って、ふと、

「——あれ？」

斉木は気づいた。

『感謝するぜ、斉木さん』

「あれぇ？　ハシモトくん、俺の名前を知ってたな」

おかしい。初対面のはずなのに。

斉木は首を傾《かし》げて、

「もしかしたら本当に、以前、どこかで会っていたのかもしれないな」

斉木ほどインパクトの強い容貌をしていると、一度でも会ったなら、誰もが斉木を覚えている。会わずとも、見かけただけで覚えられている。

相手が一方的に斉木を知っていることなど日常茶飯事だったので、

「ま、いいか、どのみちたいしたことじゃなし」

斉木は深く考えずに流したが、橋本に対して自分が何をしでかしたのか、ちっとも自覚のないままに、アヤカちゃんとのデートに向かったのであった。

そう、（ズルしてでも）竹内由乃と相思相愛になりたいが為に、斉木晴臣からバラをもらってしまった橋本高文にも、まるきり自覚はなかったのだった。

「進学する気があるのか。あ、斉木？」

苛《いら》ついた口調で担任の教師が訊く。

月曜日。祠堂学園の文化祭が（無事に）終了した翌日、城東高校では中間テストの休み明け。

朝一番で呼び出された職員室の担任の机、そこにバサリと載せられた（心情的には叩きつけられた）数枚の採点済みのテスト用紙を前に、斉木は立っていた。

本日の朝礼でクラス全員に戻されるものだが、それより早くの、呼び出しだ。

「いいか斉木、このままふざけたことを続けたら内申ガタガタで、二流私大だって、俺は保証しかねるからな」

担任が苦く顔を顰《しか》める。

テスト用紙の右上の、斉木晴臣の名前の横に、限りなくヒトケタに近い赤い数字が並んでいる。

「やれ生徒会の仕事が忙しいの、部活が忙しいのとかいう言い訳は、俺には通用しないからな。そもそも会長の大塚は今回のテストもトップだったぞ。副会長の新島だって、部活と生徒会と勉強を頑張ってる。なんでお前だけ、こうも成績を落としてるんだ？」

担任の苛立ちの理由は、他にもあった。

斉木は決してデキの悪い生徒ではない。ＩＱだけなら、基本的に数値の高い城東生の中に於《お》いてもトップクラスの、資質として申し分のないものを持っていた。

なのに、いつもどこか、本気でないのだ。

真剣に勉強する気がないのなら、どうして城東に進学したのか。──高三のタイミングで問われても、遅きに失する、どころではないが。

「それとも……」

担任とはいえ、生徒のプライベートに踏み込むべきかは判断が難しく、「なにか、悩みでもあるのか？」

やや遠慮がちに訊く。

「いえ」

即答した斉木は、「次のテストは、頑張ります」

「──まあ、授業態度が悪いわけでも、課題を提出してないわけでもないからな。斉木が頑張ると言うなら、信用するよ」

「ありがとうございます」

斉木は両手を体の脇《わき》に置き、四十五度きっちりと頭を下げて、「ご心配をおかけして、申し訳ありませんでした」

と、謝った。

ルックスといい、所作といい、高校生離れした迫力に思わず気圧《けお》された担任は、

「よ、よし、わかったなら、それでいい。もう教室へ戻っていいから」

斉木を解放した。

「失礼します」

もう一度、きっちりおじぎをしてから、斉木は職員室を出る。

整い過ぎた容姿を無表情で包んで、すれ違う誰もがひっそりと寄せる視線を気にも留めず、斉木は長い髪を後ろにたなびかせる速足で教室に向かいながら、

「……くだらない」

と呟《つぶや》いた。

教室付近の廊下で斉木を見つけた新島は、

「斉木！」

と、呼びかけた。

「よう、新島、おはよ！」

斉木は明るく挨拶する。

「おはよ」

短く返して、新島は斉木の腕を引き、廊下の窓辺へと連れてゆく。廊下を背に、開いた窓から外に顔を向けていれば、そうそう会話は他者に聞かれることはない。「朝イチで担任に呼び出されたんだって？　なにごとだ？」

「別に」

斉木は艶っぽい笑みを作ると、「重起ちゃんに心配かけるような内容じゃなくてよ」

と、からかう。

ウブな重起は、それだけで耳まで赤くして、

「そ、そうか、だったら、いいけど、な」

困ったように視線を外す。

好きだなあ、新島のこういうトコ。

「なあ新島、俺って色っぽいだろ？」

余計に、からかいたくなる。

重起は更に真っ赤になって、

「わかってんなら訊くな」

誤魔化すように拳《こぶし》でぐいぐい肩を押しやる。

その手首を摑み、斉木は新島の耳元でこそりと訊いた。

「なあ。――ゆうべ、竹内とヤったのか？」

文化祭の打ち上げが行われた駅前の食べ放題の焼き肉屋から、いつの間にか消えていた重起と竹内。喫茶室で仲睦《なかむつ》まじくアイスコーヒーを飲んでいたことといい、バラのアーチのすったもんだ（のおかげ？）で親密な雰囲気になったふたりなのだ、何もなかったとはとても思えない。

案の定、ドッカン！　と音が聞こえそうなほど真っ赤っ赤になった重起は、

「あ、朝っぱらから、何言ってんだ！」

本気で怒鳴って、「心配して損したぞ！」

いきなり、ゲンコツこめかみグリグリ攻撃に出た。

「たっ！　痛いぞ、やめろ、新島！」

「いーや、許さん！　友人の好意を仇《あだ》で返すような不届き者には、容赦は要らん！」

テスト明けに担任に呼び出されたとなれば、理由はひとつだ。しかもそれが朝一番となれば、かなり〝深刻〟だと語っているようなものではないか。

なのに、ポーカーフェイスの斉木晴臣。二年以上の付き合いなのに、未《いま》だ謎《なぞ》だらけで、摑みどころのない友人。


うぉぉぉぉぉという地響きのような声援と、きらびやかなステージ、可愛らしい衣装よりも断然可愛いアイドルたちが元気一杯に歌って踊り、自分は推しのカラーのサイリウムのペンライトをぶんぶんと振り回して、汗びっしょりだ。

ああ、なんという充実感。

由乃ちゃんには振られちゃったけど（いや、バラが渡せなかっただけだ）、いいんだ、俺には莉央《りお》ちゃんがいる！

はっと気づくとステージにいたはずの莉央が目の前にいた。通路から、橋本の顔を覗《のぞ》き込んでいた。

「りりりりりりおちゃんっ⁉」

動揺で息が止まりそうになる。

まだあどけない美少女、そして可愛い。可愛いなんて単語では表現しきれないくらい、めちゃくちゃ可愛い！

「橋本さん、いつも莉央のこと応援してくれて、ありがとう！」

自分にだけ向けられた笑顔、自分にだけ、莉央ちゃんが声を掛けてくれた。

橋本は天にも昇る心持ちで、咄嗟《とっさ》に莉央の手を、両手でぎゅっと握っていた。

「り、莉央ちゃん、好きです！　ずっと、応援してるから！」

思いの丈を込めて伝えると、

「ありがとう。莉央も橋本さん、だーいすき」

ずっと応援してね、と、続けた莉央の声が、やけに低い。

「――え？」

橋本は、固まる。目の前の莉央の顔がみるみるうちに、やけに凜々《りり》しく、ごつくなる。

ギョッとして、ぱっと離した手を逆に摑まれ、その手のひらに小さな赤いバラの蕾がぽとりと落とされた。そして、

「約束だよ、橋本くん」

斉木晴臣がにやりと笑った。

「っ、ぎゃーっ!!」

橋本高文はベッドから跳び起きて、ぜいぜいと激しく肩で呼吸をする。「な、な、なんだ、今の、夢」

まるで悪夢だ。

天使の夢を見ていたのに、その正体が悪魔って、どういうことだ!

いや、さすがに悪魔は言い過ぎかもしれないが、橋本は枕元《まくらもと》のスマホの横へ並べて置いた小さな塊を手に取った。

結局、手渡せなかった赤いバラ。片恋を成就させてくれる、とびきりの魔法がかかる(はずだった)バラの蕾。

愛《いと》しの竹内由乃にはついに渡せなかったものの(会うには会えたのだ、由乃が兄の均のクラスの出し物を見学に訪れたから。いや、会うというか、見かけた、か)処分もできず未練たらしく家に持ち帰った情けない自分が、ウラメシい。

「も、もしかして、盗んだバラを渡せずじまいだと、悪夢を見るのか? 呪《のろ》いのグッズになっちゃうのか?」

そんな話は聞いたこともないが、現に自分は、とんでもない悪夢を見てしまった。

やばいぞ、これ、どうすれば……？

「へ、下手に捨てたら、祟《たた》られるかな……」

だとしたら、マジで怖い。

ああ、こんなことなら受け取るんじゃなかった。

「どうしよう、竹内ぃ」

祠堂生の十八番《おはこ》！　困ったときの神頼みならぬ、困ったときの竹内均！

いや、でも、このところずっとハードな日々が続いていたから、さすがに今日は、まだ寝てるかな（自分だってさっきまで寝ていたし）。前代未聞のトラブルに見舞われて、さすがの竹内も憔悴《しょうすい》していた。もしかしたら竹内は、文化祭が無事に終わるまで生きた心地がしていなかったかもしれない。

やっと肩の荷が下りて、ようやく、ゆっくり休んでいるはずの竹内の、睡眠の邪魔をしたら申し訳ないな。

手にしたスマホを枕元へ戻す。

それにしても。

通りすがりの斉木晴臣め、ロクなことをしない！

城東生徒会の役員のひとりで（クヤシいが頭はイイ）、日本人離れした顔立ちとスタイルの持ち主で（ケッ）、超、性格が悪い！　ヤツである。

あのヤローからバラを出され、タナからボタモチとばかりうっかり喜んでしまった昨日の自分。なんという、愚か者だろう。

「あんなのからあんなのからあんなのからこんなものをもらっちまったせいで、せっかくの休みの日に悪夢を見るとか、橋本高文、いっしょーのフカクだっ！」

おまけに、あろうことか莉央ちゃんが斉木に変身したのだ。

莉央は橋本が中学生の頃からずっと推しているアイドルで、少女グループ『Carina!《カリーナ》』の初期メンバーである。

神聖なるバラのジンクス、好きな人へ贈るとしあわせな恋ができるという、魔法のようなジンクス。——ズルなんかして、ジンクスを冒瀆《ぼうとく》した報いだろうか（嫌な夢を見たくらいで大袈裟だし、報《むく》いというほどのものではないが）。

朝から踏んだり蹴《け》ったりな気分だ。

金土日の三日間で開催された文化祭、月曜日の今日は振り替え休日。せっかくの休みなのに、寝坊上等！　とばかり、とことん惰眠を貪《むさぼ》ろうと決めていたのに。

「……そういえば莉央ちゃん、レギュラーだった、土曜の昼の情報番組のグルメリポーター、後輩と交替しちゃったなあ」

これまではリアタイできても録画もしていたが、一昨日は録画すらしなかった。

ここ一年で、単発レギュラーがどんどん減っていた莉央。彼女の代わりにCarina!の、若い（幼い）後輩たちがその椅子《いす》に座った。

橋本はもやっとしながらベッドを出る。すっかり眠気が醒《さ》めてしまった。

「……まだ、中学生なのに」

莉央はオワコン、そんなふうにくさすCarinalファンもいた。——そんなやつはファンじゃない。ファンの風上にも置けない。

グループで出る歌番組でも、インタビューされるのはチビっ子たちばかりで、莉央は後列でそれをにこにこしながら聞いている。それでも、ソロが減ろうが全力で歌い、ピンで抜かれることが減っても後方で全力のきれきれダンスを披露し、橋本はむしろ、ますます莉央のファンになった。応援したくなった。けど。

腐ることもふてくされることもなく挫《くじ》けずに、どこまでも笑顔で頑張っている莉央の、いつかあの笑顔に翳《かげ》が差してしまったとき、果たして自分たちファンは、彼女を支えきることができるのだろうか？

わからない。

ただ「折れないでくれ」と、祈るばかりだ。

「駄目だ、やばい、思考がどんどん暗くなっていく……」

こんなの俺らしくない。

話を戻そう。諸悪の根源の斉木に戻そう。

そうさ、文化祭は来年もあるのだ、来年こそ、自力でバラをゲットして、由乃ちゃんにリトライするのだ。

身綺麗《みぎれい》になって再出発するためにも、このバラをどうにかせねば。

「よし。返そう。ソッコー、返そう」

橋本は決意した。「呪詛《じゅそ》返し（？）だ！」

持ち主に返却すれば、きっと災いからも逃れられるに違いない！


「斉木！」

夕暮れの体育館から校門までの小径《こみち》で、新島は前をゆく斉木の背中へ声を掛けた。

バスケ部の仲間とぞろぞろ下校していた斉木は、

「おう、なんだ、新島」

振り返り、立ち止まってくれた。

「途中まで一緒に帰ろう」

新島が誘うと、斉木は仲間たちにバイバイと手を振ってから、

「いいぜ」

と笑った。

徒歩通学の斉木と自転車通学の新島。自転車置き場まで斉木に付き合ってもらい、改めて校門へ向かう。

本日の部活動も、斉木が所属するバスケ部と、新島が所属するバレー部とで、体育館をネットで半分に区切って行われた。

インターハイを目前に、どの運動部も練習に熱が入ってくる。先週はテストとテスト休みとでまるまる一週間以上部活動がなかったので、明けた本日、バスケ部もバレー部も、運動していなかった期間のコンディションを戻す意味もあり、活動時間は長めだった。

ということで、部活終わりのめちゃくちゃ腹減りのふたりは、学校のすぐそばにあるお肉屋さんで揚げたてのメンチカツを買い、はふはふいいながら食べる。

「あっつ！」

「うっま！」

ふたりともあっと言う間に食べ終わり、人心地つくと、

「で、なに？」

楽しげに斉木が訊いた。「珍しいじゃん、新島が帰りに俺を誘うなんて」

「や、……その」

新島はやや言い難《にく》そうに、「調子、あんまり良くないのかな、と」

朝イチの担任からの呼び出しが原因なのかはわからないが、「斉木、今日、ラフプレー

が多かったからさ」

なあ新島、やけに荒れてないか、斉木？

活動中にバレー部の仲間が気にしたほど、バスケのコートが荒れていた。とはいえ仲間たちと斉木はわいわい下校していたのだから、部の雰囲気がそれで荒れたわけではない。

「朝も言ったろ？　なんでもないよ」

「それならいいが」

鵜呑《うの》みにはできないが、かといって新島は、そんなはずはないだろ！　と食い下がるほどの根拠を持たない。斉木のことは気になるが、「インハイ終わったら、いよいよ大学受験に本腰入れないとなあ。地区予選から上へ駒《こま》を進められたら嬉しいけど、受験的には厳しくなるよな」

無難な話題に切り替えた。

「……まあな」

斉木は曖昧《あいまい》に笑う。

「第一志望、どこだっけ？」

「新島、俺、受験、やめようかと思ってるんだ」

「——え？」

新島はぽかんと斉木を見る。

中学から県下随一の進学校を狙《ねら》うのは、その先の大学受験を見据えているからだ。ゴールは城東ではなく一流大学。だから城東には（大塚のような天才肌の例外もいるが）その為に、がむしゃらに勉強して入学してくる。

「それ、大学に進学しない、って、ことか？」

一度や二度、テストの成績が悪かったからといって、それで、大学進学を諦めるのは、おかしくないか？　それとも、「他に、やりたいことがあるのか？」

「妹がな――」

言いかけて、「新島、兄弟いたっけか？」

「いや、俺は一人っ子なんで」

「そっか」

短く言って、頷くと、「他にやりたいことがあるっていうか、どうにか解決したい問題があるのにどうやったら解決できるかわからなくて、大学に進んだところで、というか、むしろ進むべきは大学じゃないんじゃないかと思い始めてる、って感じかな」

「つまり、前向きな理由で、大学に進学しない、と？」

「ぶっちゃけさ、自分の無力っぷりにうんざりしてるんだよ」

「無力？　斉木がか？」

処世術にしろ何にしろ、新島よりよほど有能なのに？

「この話、深掘りするなら駅前のカラオケ行く？　何時間でもじっくりと話してやるぜ」

にやりと笑った斉木に、「いや、そこまでは」と、引き下がらせたいのか、「よし、行こう」と、乗り気にさせたいのかの判断が、残念ながら、新島にはつかない。

「……帰りが遅くなるとなあ、母親がウルサいしなあ」

というか、新島は竹内と話がしたい。今朝、祠堂の学生寮からそれぞれ帰宅して、新島は登校、振り替え休日だった竹内はそのまま自宅に。登校せねばならなかった新島は一足先に学生寮を出て、——本当は、竹内をちゃんと家まで送り届けたかった。一日中、竹内の体調が気掛かりだった。——間違いなく、自分は竹内に無理をさせた。

「なら、話はこれまでだな」

斉木はからりと笑うと、「また明日な、新島」

新島にもバイバイと手を振って、行ってしまった。

斉木とは家の方向が違うので、引いていた自転車の向きをくるりと変える。自分は徒歩ではなく自転車なので、新島が斉木の通学路に合わせた。さすがに、どんなに話が長引いても、家までついていく気はなかったが。

ペダルを踏み込もうとして、躊躇《ためら》う。

「なんか、すっごく、消化不良だ」

『ぶっちゃけさ、自分の無力っぷりにうんざりしてるんだよ』

無力ってなんだ？　進むべきは大学じゃないって、なら、どこだ？

『妹がな――』

言いかけて、流れで別の話題になってしまったけれど、

「斉木に妹、いたんだ」

由宇正博に祠堂に通っている弟がいるのは仲間内でもよく知られていて、なんなら、皆の弟ポジションだったりもするのだが、斉木の妹は、知らなかった。

城東の文化祭には生徒の家族も遊びに来る。新島の母親もバザー目当てで来るのだが、そういえば、斉木の家族が来ているという話を聞いたことがなかった。もし来ていたら、さぞや女子たちが騒いだだろう。あれが斉木くんのお母様なのね！　とかって。

「……駄目だ、気になる」

はぐらかすのが天才的に上手《うま》い斉木が、ほんの少しであれ、い、い、本当のこと、を話してくれた気がしていた。

じっくり話すのにぴったりなカラオケルーム、何時間でも、はさすがに無理だが、

「行くか、カラオケ」

どうしても気になる。

新島はまた自転車の向きをくるりと変え、斉木を追いかけるべく、ペダルを踏み込もうとして、

「っと、その前に電話」

追いかけるにしても、新島は斉木の家を知らない。

ここは、住宅地に商店が混在する、幅の狭い人通りのあまり多くない道で、斉木が脇道へ折れない限り見失うことはないだろうが、道の先をゆく斉木の後ろ姿がみるみるちいさくなっているのだ。

「歩くの速っ」

ではなく。

おまけに、すっかり太陽が沈み、夕暮れが夕闇《ゆうやみ》に変わりつつある。斉木の輪郭がぼやけ始め、視界もさほどよろしくない。

電話して、斉木にその場で待っててもらおう。急いでスマホを取り出して電話アプリを立ち上げた新島の目の端に、ふと、怪しい人影が映った。ときおり物陰に隠れるようにして、明らかにおかしなルート取りで小柄な男が斉木の後を尾《つ》けていた。


まだ家へ帰りたくない。

「新島には振られちゃったしなあ」
二、三時間、どこかで潰《つぶ》せたらいいのに。そうしたら――。

こんなときに限って、誰からも（女の子たちだ）誘いのメールも電話もこない。

誰か、ずぶずぶに甘えさせてくれる人。

「そうだ」

斉木はスマホを取り出して、履歴から電話をかける。

――ぷっ。――ぷるる、ぷるる、ぷるる。

呼び出し音は鳴っているが、出る気配がない。いつもなら、コール二回以内で出てくれるのに。

そうか、なら、あれは、有言実行ってことか。

『ねえ、こんなふうに会うの、今日で終わりにしたいんだけど』

いつまで経《た》っても留守録の設定にはならず、斉木は仕方なく電話を切る。

そのとき、ちょっとした違和感に気がついた。

試しにもう一度、電話をかける。

――ぷっ。――ぷるる、ぷるる、ぷるる。

やはり、向こうは電話に出ない。

『いいけど、それ、明日からだよね？』

『そうよ、明日から』

ぷつっと、電話を切る。

と、背後から誰かがタタタタと走ってくる足音が聞こえた。

薄暗い夜道、なにげなく振り返った斉木の目に、刃物の鈍い光が飛び込んできた。

『余計なお世話かもしれないが、斉木、いい加減にしないと、そのうち刺されるぞ』

――ああ、新島。

『それもいいかも、勲章っぽくて』

傷は男の勲章というし。

『うっとりしてんなよ、――ったく』

ああ、ここで刺されたら、救急車で入院だな。インハイ、出られないな、俺。

せっかく練習、頑張ってきたのに。

違う、入院どころか、下手したら、俺、死ぬのか。大学受験どころか、ここで、人生が終わるのか。

まだなにもしてないのに。

脳裏に妹の顔が浮かぶ。

ついさっきまで、どうやって避けようか、顔を見ずに済むかと考えていた妹。だって、見ているだけで辛いから。どんなに頑張って歌っても、どんなに頑張って踊っても、評価されない。作り物の笑顔だとファンにそれが伝わっちゃう、と、必死に自分を鼓舞して、そうして心からの笑顔を見せて。

なのに俺は、お前の為になにもしてやれない不甲斐《ふがい》ない兄なんだよ、莉央！

この上、死ぬのか？

莉央に追い討ちをかけるのか？

莉央はまだ中学生なんだぞ？　なのに、あんなに、必死に、世界と闘っているんだぞ。

たったひとりで。

雄叫《おたけ》びをあげて突っ込んできた男を、斉木は背中のデイパックを素早く下ろすとクッションがわりにして押し戻した。

斉木の反撃をものともせずに、執拗《しつよう》に男がナイフを振り上げる。

——死ぬのは嫌だな。まだ、死ねない。俺はまだ、なんにもしてないいんだ。

ナイフが斉木の頬《ほお》を掠《かす》める。

ちりっとした痛み。——頬が切れた。

「……っつ！」

一瞬、斉木の意識が頬へ逸《そ》れたとき、ナイフがデイパックの横を擦り抜けた。ああ、間に合わない！　避け切れない！

そのとき、目の前の男の体が勢いよく横へ飛んだ。

そして、

「お巡りさーん！　こっちですーっ!!　早く早く！」

という声が。

地面に投げ出された男は、取り落としたナイフを拾うことなく、大慌てで逃げてゆく。

斉木はぽかんと、その場に立ち尽くしていた。

そこに、ぜいぜいと肩で呼吸をしている橋本と、呼吸の乱れはまったくないが男に体当たりを食らわせた後たいそう不機嫌な表情で斉木を睨みつけている新島がいた。――新島の後ろには、乗り捨てられた自転車が地面に放り出されている。

「間一髪！」

新島が言う。「間に合ったから良かったものの、いい加減に反省しろよ、斉木」

「ごめん」

斉木は素直に謝った。

「俺を、連日、走らせるな」

「ごめんって」

昨日の新島は、誰より愛しい人を救った。

今日の新島は、――新島と橋本は、世にもしようもない男を救った。

そして、ここには、三人きり。

「あれ、お巡りさんは？」

「方便だよ。こういうときの定番だろ？　な？」

新島が橋本に訊き、橋本はこくりと頷いた。

そうか、警察は来ないのか。

「え、なに、ふたり、知り合い？」

「いや？　この子が斉木を尾けてたから、怪しんだ俺がその後を尾けて」

「へ？　ハシモトくんが俺を尾けてたのか？　なんで？」

ようやく呼吸が落ち着いてきた橋本は、ポケットからバラの蕾を取り出すと、

「これ、返しに」

ぐいと斉木に差し出した。

「おっと。こいつはクーリングオフ？」

「由乃ちゃんには、来年、自力で渡すから。これ、返す」

「ちょ、ちょいちょい、なに、そっちが知り合いなのか？」

新島が驚く。

「祠堂学園のハシモトくん。あ、そうだ、俺はあの時が初めましてだと思ってたけど、もしかして、俺たちどこかで前に会ってる？」

「会ってない。あれが、初めましてだよ」

橋本が答える。

その物怖《ものお》じしない様子に、新島は密《ひそ》かに驚いた。斉木を前にして、こんなに動じない子

もいるんだな。

「ならどうして、俺の名前を知ってたんだ？　俺、あの時、自己紹介してないよね」

「竹内が斉木さんの話をしてたから」

突然飛び出した「竹内」の名に、新島が敏感に反応する。

「竹内って、竹内……？」

「均。うちの生徒会長の」

「へえ、竹内くんが俺の噂《うわさ》を。そいつは光栄だなあ」

斉木は意味ありげな視線を新島に投げてから、「あれ？　もしかして、ヨシノちゃんは竹内くんの妹かい？」

『由乃ちゃんは育ちが良いからな、〝お兄様のお友達〟とは、誰であっても公平にお話ししてくださるんだよ！』

「そ……っ、そうだよ！　竹内は俺の親友で、その妹が由乃ちゃん！」

「きみ、竹内の親友なのか⁉」

またしても新島が驚く。

「へええ、これはまた、なんともまた」

面白い縁である。

「とにかく、これは、返却するから」

橋本は斉木の手へ、強引にバラの蕾を握らせようとした。

「ん？　このバラ……？」

ジンクスの、あのバラか？　それを返却ということは、「なに、斉木、ハシモトくんにバラを渡したのか？」

「たまたまアーチのそばで拾ったから、新島にくれてやろうと思ったんだよ。そしたら、お前、竹内と喫茶室でよろしくやってるから」

「喫茶室？　竹内と？」

耳聡《みみざと》く反応したのは橋本だった。「よろしくやってるってなんだ、どういうことだ？　俺の竹内に、まさか、おかしなことしてやしないだろうな！」

「え？　きみの竹内？　え、どういうこと？」

大混乱。


「そんなことがあったんですか」

電話の向こうの竹内は、「それで新島さん、斉木さんは大丈夫だったんですか？　顔にケガをされたんですよね」

斉木の心配をしてくれる。

「橋本くんが、持ってた絆創膏《ばんそうこう》を貼《は》ってくれたんで、ひとまずは」

「……そうですか」

「あと、今回も、警察には通報しないことになったんだ」

「傷害事件なのに、いいんですか？」

「竹内も止めただろ、通報、アーチの件で」

「……はい」

「あれ、犯人に心当たりがあったからだろ？」

「…………はい」

「斉木も、自分を襲ったのが誰なのか、わかってるらしい。で、自業自得だと言ってた」

「そんな……。ナイフで切りつけられるのが、自業自得だなんてことは」

「俺、冗談めかしてだけど、そのうち刺されるぞって斉木に忠告したことがあるから、あながち外れてもないんだよ」

別れ話をされた女と、ヨリを戻したかったわけじゃない。

時間を潰したくてほんの軽い気持ちでホテルに誘おうと電話した。

ところが、自分が電話をかけたのとまったく同じタイミングで、背後から呼び出し音が聞こえてきた。

――着信音に聞き覚えがあった。

切ると、音も切れた。

再びかけると、背後からまた音がした。

そして、切ると、切れた。

暗闇にホラーめいた展開だが、後ろにいたのはあの女の夫。妻のスマホを手に、斉木に目を付けていたのだ。ちゃんと別れたと妻は言い、斉木が、迂闊《うかつ》に電話した。そして、火が点《つ》いたのだ。

正に、自業自得。

電話さえかけなければ、おそらく夫は行動しなかった。

「それに、下手をすると出場停止になるかもだし」

「……ああ、インハイ」

「警察沙汰に敏感だし」

「そうですね」

「バスケ部の仲間に迷惑をかけるとか、斉木、たまんないだろうし」

それは新島も同じこと。斉木の気持ちは痛いほどわかる。

「……はい」

静かに同意してくれた竹内に、

「なあ、竹内と橋本くんって、ただの親友？」

と、訊いた。

「ただの、って、なんですか？」

「や、……俺の竹内、とかって、橋本くんが言ってたから」

「それ、言葉のあやですよ。橋本は、そういう言い回し、しがちなので」

「じゃあ、ただの親友？」

「はい。ただの親友です」

答えながら竹内は笑みをこぼした。「親友なのに、斉木さんからアーチのバラをもらったこと、俺には教えてくれませんでしたよ、橋本は」

「やばっ！　ごめん、竹内、さっき俺が言ったこと、一旦《いったん》忘れて」

「なにをですか？」

「橋本くんが、斉木から横流しされたバラで、竹内の妹に告白しようとしていたこと」

「わかりました、忘れます。でも、橋本が由乃を好きなのは、かなり前から知ってます」

「――え、そうなのかい？」

「残念ながら由乃には好きな人がいるので、――これは橋本には教えていませんが。なので俺は特に働きかけはせずにいました。由乃の気持ちを一番に尊重しているので、これからも橋本に、特別なことはしません」

「……そ、うなんだ」

「ですから、もし橋本が由乃にバラを渡そうとしても、由乃は受け取らなかったと思いますし、それに……」

竹内はそこで、言葉を切ると、「俺は、新島さんのこと、ジンクスに懸けましたけど、バラの魔力が絶対だとは、思ってないです」

嚙《か》みしめるように、告げた。

「竹内……」

それはまるで、恋の告白のようだった。

「ただ、間違いなく、バラが俺と新島さんを、繫《つな》いでくれました」

奇跡のように、ふたりの距離を縮めてくれた。強く、結び付けてくれた。

バラはただそこにあるだけだが、バラを取り巻く人々によって縁が紡がれていった。

「……会いたいな、竹内」

今すぐにでも、会って、強く抱きしめたい。

「俺も、会いたいです」

竹内が返す。

そして、ふと、

「新島さん、少し気になったんですが、斉木さんが橋本にバラを渡したことは、ジンクスに含まれると思いますか？」

「――え？」

あれ、どうだろう。「いや、でもそもそもジンクスは、想いを寄せる相手に渡すのが前提だし、初対面の相手に渡すのは、さすがに含まれないんじゃないかな」

「……ですよね」

「ああ、だよ、……多分」

自信はないけど。

「晴くん、これ、なあに？」

とととん、と軽く晴臣の部屋のドアをノックして、莉央が顔を覗かせた。

最高級チョコレートが一粒だけ入っているプレゼントのような、ゴージャスな正方形の箱。その中央に、赤いバラの蕾。

「莉央の机に置いてあったの、これ、晴くんからだよね？」

「置いたのは俺だけど、俺からじゃないよ。莉央の大ファンからのプレゼント」

「わ、嬉しい」

ぱあっと顔を輝かせた莉央は、「ねえねえ、その人、晴くんの知り合い？」

と訊く。

「知り合いのような、知り合いではないような？」

「えぇー、どっち？」

けらけらっと笑った莉央は、「でも珍しい。晴くん、莉央のこと、誰にも教えない主義なのに」

「教えてはいない。なにせ莉央は、俺の、誰よりも大切なお姫様だからな。下手に教えて莉央になにかあったら、俺は犯罪者になっちゃうぞ」

「まぁた晴くん、大袈裟なんだから」

莉央はまた、けらけらと笑う。

必死に自分を鼓舞しなくても莉央から自然にこぼれでる笑顔、それを晴臣は守りたい。

「それ寄こしたの、すげー、いい奴だよ」

そう、教えてはいない。

バラの蕾を握りしめ、勝手に、一方的に、延々と熱弁されただけだ。どうしてその話になったのか、自分の推しは最高なんだと橋本が言い出し——。

ああ、悪夢がどうとか言ってたな。

「その人にお礼を伝えてね、莉央がとても喜んでたって」

「わかってるよ、ちゃんと伝える」

そのバラには橋本の、莉央への熱い思いが籠《こ》もっている。誰より莉央に贈るのが、相応《ふさわ》しいと斉木は思った。

俺には、なにができるかな。

「なあ莉央、俺、バンドに本腰入れてみようかな」

斉木が組んでいるアマチュアバンド、城東の文化祭のステージで、女子を熱狂させられるくらいには上手である。

「これからが大学受験の本番なのに？　それに、インハイも始まるのに？」

莉央がきょとんと訊き返す。

「音大はさすがに無理だが、音響とか、いや、なにが必要か、わからないんだが」

言うと、みるみる莉央の表情が変わり、

「……晴くん、過保護」

ぽろぽろと涙が滑らかな頰を伝った。

勘の良い、泣き虫の、自慢の妹。頑張り屋で、ひたむきで、誰よりも可愛い。

「ちなみにな、莉央、そのバラは奇跡のバラって呼ばれてるんだ」

しあわせな恋ができるバラ。そのジンクス。

莉央、音楽とのしあわせな恋を、摑み取れ。

アマビエより愛を込めて

土曜日は、ここ、桜《さくら》ノ宮坂《みやさか》音楽大学はお休みである。が、大学内のチケット予約制で時間貸しの有料レッスン室は通常営業で、自宅で楽器（声楽を含む）の練習ができない学生には重宝されているし、大学にいくつかある大小のオーケストラ、またはトリオやカルテットなどの室内楽の練習も構内のあちらこちらで行われていた。

　六月の鬱陶《うっとう》しい梅雨のシーズンを前に本日は気持ちの好《よ》い晴天、いつもは室内で行う練習を外で、青空の下で（厳密には直射日光は天敵なので何かしらの庇《ひさし》の下で）やりたくなるのは人情である。

「これが、駒澤《こまざわ》くんからわざわざ送られてきた画像？」

　友人の野沢政貴《のざわまさたか》の手元を覗《のぞ》き込みながら葉山託生《はやまたくみ》が訊《き》く。ポイントは〝わざわざ〟の部分だ。

「そうなんだ。悪霊退散？　じゃないな、疫病退散？　かな。まあ、どっちでもいいんだけど」

繊細そうな外見をしているが中身はざっくりしている政貴の、実に政貴らしい返答に、わざわざ画像を、──政貴を慮《おもんぱか》っての駒澤の行為が軽く流されたようで、気の毒になる。いや、高校時代から付き合っている恋人の反応など予想の範囲内で、この手のものはスルーされがちなのも慣れっこだとは思うのだが、にしても、の、ロマンチストな恋人を持つけっこうなリアリストしかし外見はロマンチスト、それが、託生の高校時代からの親しい友人であり音大でのライバルでもある政貴だ。

「……野沢くん、これ、もしかして、妖怪《ようかい》？」

遠慮がちに訊いた涼代律《すずしろりつ》は政貴と同じ楽器を専攻している友人で（もちろんライバルのひとりだ）、そっち系が大の苦手なのである。

「この程度で怖がるの、どうなんですかね」

と冷静に突っ込むのは大学でも託生たちの後輩となった中郷壱伊《なかざといちい》。決して横柄ではないのだが、超一流オーディオメーカーのナカザト音響社長令息の壱伊は、高校時代から先輩に対してナチュラルに物怖《ものお》じしなかったし、現在もまったく物怖じしない。

「そうだ。こういうの、ギイは、喜ぶんじゃない？」

ふと、政貴が閃《ひらめ》く。

「確かに！」

託生は大きく頷《うなず》いて、政貴から画像データをもらうとそのままギイへメールした。

ギイこと崎義一《さきぎいち》。託生たちが高校へ入学したときには世界でトップクラスの大学を既に卒業していて、それを隠し一般人を装って（？）同級生として高校生活を送っていた、頭脳もルックスも抜群でナカザト音響ですら足元にも及ばないほどのとてつもない家柄の御曹司であり、庶民の託生とは天と地ほどの様々な開きだったり差があるのだが、それらを一切気にしない、とことんマイペースな恋人、でもあった。

相手が世界のどこにいようとも、タッチひとつで送れるメールはありがたい。しかも多忙なギイから珍しく、すぐにメールの返信が届いた。

［託生、メールの本文に「アマエビだよ～」とあるが、これは〝アマビエ〟では？］

「え⁉ 甘エビじゃなくて、アマビエ⁉」

間違いにどっと赤面した託生に、ギイからまたメールが届いた。そこには活《い》きの良さそうなたいそう美しい甘エビの写真が。

その後、託生のケータイの待ち受け画面がしばらく甘エビの写真になっていたのは、経緯はどうあれ、恋人《ギイ》からもらった画像が託生には嬉《うれ》しかったという、ほのぼのとしたオチである。

ギイがサンタになる夜は……?

寒いし、やけに静かだし、予定ないし（エキストラのバイトが土壇場で飛んだのだ）、暇だし（バイオリンの練習でもすればいいのだが）、まだ六時前なのにもう外は真っ暗だし。

「……切ない」

というか、ひとりって、「……寂しい」

というか、つまらない。

テレビは賑《にぎ》やかにクリスマスイブならではの番組を流しているが、画面の向こうが賑やかに（楽しげに）盛り上がれば盛り上がるほど……。

「えいっ！」

託生《たくみ》はリモコンでテレビのスイッチを切った。「もう寝ちゃおうかなあ……」

まだ全然眠くはないけど。

寝る前にケータイを確認しようと画面を見たタイミングで、電話が着信した。

表示された相手の名前に、

「はい！　もしもし⁉」

「うおっと！　びっくりした」

食い気味な託生の勢いに驚きつつも野沢政貴《のざわまさたか》が笑う。「葉山《はやま》くん、いきなりで申し訳ないんだけど」

「いいよ！」

「まだ何も言ってないけど」

政貴がまた笑う。

「クリスマスイブだし、いいよ！」

「意味がよくわからないけど、では、お言葉に甘えて。お邪魔します」

とアパートの部屋のドアにノックが。

「……え？」

ドアを開けるとそこには、楽器ケースを手にした政貴と、涼代律《すずしろりつ》と中郷壱伊《なかざといちい》が。三人は現在、三年生ふたりと一年生ひとりの、トロンボーントリオを組んでいる。演奏だけでなく見た目も良いので、ライブをやると常に大盛況である。

「今日のライブの差し入れだけで、クリスマスパーティーができそうで。でも、適当な場所がなくてね」

「そこでぼくのアパートを思い出してくれたんだね！　ありがとう野沢くん！」

「葉山くんのアパート、会場に使ったうちの大学に一番近いし。ここまで歓迎されるとはさすがに予想してなかったけど」

「狭いけど、遠慮なくどうぞ」

良かった、早々に不貞寝《ふてね》を決め込まなくて。

ギイたちと過ごした昨年のクリスマスや年末があまりに充実していたから、余計に今夜は孤独が身に染みていた。

友だちって、ありがたい！


「ギイは、今年はどこでクリスマスしているんだろうね？」

政貴の問いに、託生はケータイの画面を見せると、

「これ、ギイの現在地だって」

「これが？　でもこれって、飛行機のフライトレーダーだろう？　このうちのどの飛行機が……あ！」

ジェット機のマークに交じってトナカイとソリが！

「今夜は一晩中多忙につき、だって」

笑う託生に、

「ははは。世界中を飛び回ってるのか、それは忙しいね」

政貴も笑う。

律と壱伊も画面を覗《のぞ》き込む。

「ギイ先輩が言うと、あながち冗談に聞こえないですよね」

壱伊の感想に、一同は大きく頷《うなず》いた。

そう。

託生の恋人である崎《さき》義《ぎ》一《いち》。

彼は、たいそう不思議な男なのだ。

あとがき

最後までおつきあいいただき、ありがとうございました。

ごとうしのぶです。

シリーズ〝ブラス・セッション・ラヴァーズ〟では、『いばらの冠』『三番目のプリンス』に続き、三冊目となります『花盗人《はなぬすびと》』、楽しんでいただけましたでしょうか？　律《りつ》の頑張りが、ゆっくりではありますが、実っている様子が伝わっていると嬉《うれ》しいです。

今回は、律たちの物語と地続きである『ロレックスに口づけを』のスピンオフ『ＬＯＶＥ　ＭＥ』と、後日譚《ごじつたん》となります『天性のジゴロ（完全版です！）』も、収録させていただきました。『天性のジゴロ』に関しては、一部の方々に延々お待ちいただいた一作でもあります。ようやく、やっと、約束を果たすことができました。この二作は、現在の律たちの時間軸より四年前の出来事でして、この時点で律は祠堂《しどう》学園高等学校の一年生、壱伊《いちい》は中学二年生となります。

そして、企画〝コロナ禍に集った１００人の作家の物語〟『Day to Day』に参加させていただいたときのＳＳ『アマビエより愛を込めて』と、ごとうのツイッターで以前に発表しましたＳＳ『ギイがサンタになる夜は……？』の加筆修正版も、お届けします。

この二作は現在の律たちの時間軸より、もう少し先、翌年度のお話です。
表題作の『花盗人』を中心に、時間軸が過去や未来へ移動しますが、ぜひとも、軽やかに視点を移して楽しんでいただけたらと願います。

さて、文庫ではないのですが、ギイと託生《たくみ》のメモリアルブックとなります単行本、『卒業』を、前回の文庫のあとに刊行しておりまして。『卒業』は現在の律たちと同じ時間軸なのですが、今回の一冊は、その物語とも深くリンクしております。
文庫のラインナップではないのですけれど、よろしければ、ぜひ、お読みください。ちなみに『卒業』は朗読版（audible《オーディブル》）もありますので、お好みで。

そして、今回もイラストを担当していただきました、おおや和美《かずみ》先生、ステキな表紙や挿し絵をありがとうございました！　一冊目より二冊目、二冊目より三冊目と、徐々に律と壱伊の距離が近づいているようで、彼らのペースでちゃんと恋人同士になっているエモさを、勝手に感じております。
最後になりますが、皆様、読んでいただき、ありがとうございました。感想のお手紙などいただけますと、とても嬉しいですし、励みになります。よろしくお願いいたします！

ごとう　しのぶ

『花盗人《はなぬすびと》　ブラス・セッション・ラヴァーズ』、いかがでしたか？

ごとうしのぶ先生、イラストのおおや和美《かずみ》先生への、みなさまのお便りをお待ちしております。

ごとうしのぶ先生のファンレターのあて先

〒112-8001　東京都文京区音羽2-12-21　講談社　講談社文庫出版部「ごとうしのぶ先生」係

おおや和美先生のファンレターのあて先

〒112-8001　東京都文京区音羽2-12-21　講談社　講談社文庫出版部「おおや和美先生」係

N.D.C.913　223p　15cm

ごとう しのぶ
2月11日生まれ。水瓶座、B型。静岡県在住。
ピアノ教師を経て小説家に。著作に「タクミくんシリーズ」「崎義一の優雅なる生活シリーズ」「カナデ、奏でます！シリーズ」などがある。

講談社X文庫

KODANSHA

white heart

花盗人《はなぬすびと》　ブラス・セッション・ラヴァーズ

ごとうしのぶ

●

2023年3月3日　第1刷発行

定価はカバーに表示してあります。

発行者——鈴木章一
発行所——株式会社 講談社
東京都文京区音羽2-12-21 〒112-8001
電話 編集 03-5395-3510
販売 03-5395-5817
業務 03-5395-3615
本文印刷－株式会社ＫＰＳプロダクツ
製本——株式会社国宝社
カバー印刷－半七写真印刷工業株式会社
本文データ制作－講談社デジタル製作
デザイン－山口　馨

ISBN978-4-06-530736-6

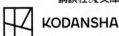